走进"八闽旅游景区"

武平

福建省炎黄文化研究会
福建省作家协会 编
中共武平县委宣传部

海峡出版发行集团 | 海峡文艺出版社

《走进"八闽旅游景区"——武平》编委会

主　　任：阮诗玮　陈荣春
副 主 任：马照南　林思翔　杨少衡　张丽华　于　海
编　　委：（以姓氏笔画为序）
　　　　　于　海　马照南　王晓岳　朱谷忠　阮诗玮
　　　　　李小飞　杨少衡　邱云安　张丽华　张锦才
　　　　　陈荣春　陈慧瑛　林　滨　林秀美　林思翔
　　　　　唐　颐　黄　燕　黄文山　黄敬林　游炎灿
　　　　　廖国联
执行编审：黄文山
特约编审：刘志峰

前　言

地处福建省西南部的武平，向来是闽西重镇。武平历史悠久，唐开元二十四年（736年）置南安平川镇、武平镇，五代南唐保大四年（946年）并两镇为武平场，宋淳化五年（994年）升为县，第二次国内革命战争时期为中央苏区县。武平地处闽粤赣三省交界处，南与广东省梅州市蕉岭县、平远县相邻，西与江西省赣州市寻乌县、会昌县接壤，被形容为"一脚踏三省"之地，是福建对接粤港澳大湾区的西南门户。

武平是习近平总书记亲手抓起、亲自主导的集体林权制度改革的发源地，被誉为"全国林改第一县"。2002年6月，时任福建省省长的习近平同志到武平调研林改工作，指示"集体林权制度改革要像家庭联产承包责任制那样，从山下转向山上"，推动了继家庭联产承包责任制后中国农村的又一场革命。2018年1月，习近平总书记对捷文村群众来信作出重要指示：希望大家继续埋头苦干，保护好绿水青山，发展好林下经济、乡村旅游，把村庄建设得更加美丽，让日子越过越红火。

武平境内有梁野山国家级自然保护区、梁野山国家森林步道和中山河国家湿地公园三张亮丽的国字号名片，先后获评第五届、第六届全国文明城市，获评国家园林县城、全国森林旅游示范县、首批国家全域旅游示范区、首批国家森林康养基地、国家生态文明建设示范县等称号，全县森林覆盖率79.7%，是福建省首个"中国天然氧吧"。

武平是红四军从井冈山南下，最早入闽的地方。民主乡高书村是1929年2月红四军入闽第一村，毛泽东等老一辈革命家曾三进武平。1929年2月，毛泽东和朱德同志率领红军从江西寻乌进入武平，之后折回瑞金，在大柏地打了一个大胜仗，极大地鼓舞了红军士气。翌年，红军又经武平北上攻占闽西重镇长汀。毛泽东同志因此高兴地说："武平是一块福地。"武北的湘店镇是中国首任空军司令员刘亚楼将军的故居。大禾镇是红四军军长王良同志牺牲的地方。大禾的上湖村建有中央苏区福建省党政机关红军烈士陵园，这里埋葬着时任福建省委书记兼福建省军区政委万永诚等219位烈士的遗骸，镌刻着一段难以忘怀的红色往事。

武平还是闽粤赣省际客家大本营的重要组成部分。一千多年来，这里是客家民系自中原一路南迁的中转站和落籍地之一。中山镇是中国历史文化名镇和著名的"百姓镇"，这里人不逾万，户不盈千，却聚居了102个姓氏，为全国客家村落罕见的姓氏奇观。目前正在该镇打造武平县文旅社会发展示范区项目——武平"百家大院"。岩前镇的狮岩是

海峡两岸客家人保护神定光佛的卓锡地，相传也是八仙中何仙姑的出生地。定光文化园区被国台办授予"海峡两岸交流基地"。武平老城区的兴贤坊是一处传统文化街区，古街布局严谨有序，呈现客家民居的建筑风貌，是武平版的"宽窄巷子"，见证着一座古城灿烂的文明和悠久的历史。

本书为走进"八闽旅游景区"丛书之一，凡32篇，按题材分为五辑：《边城风韵》《梁野风光》《客邑风情》《武平风物》《苏区风采》。经过作家们深入采访和精心撰写，武平，这座千年文化古邑，福建的西南大门，正以生机勃勃的崭新姿态，出现在世人面前。浓烈的客韵、火红的岁月，还有绿意葱茏的满目青山，无不让人动容、动情、动心。

武平县城全景（李国潮 摄）

走进"八闽旅游景区"
武平
WUPING

目录

第一辑　边城风韵

3　　骑游武平散记　/ 詹鄞森

10　　踏访兴贤坊　/ 马照南

17　　石径岭三色　/ 林思翔

24　　神奇的西山　/ 陈国发

31　　青山的馈赠　/ 王继峰

37　　千鹭飞旋的地方　/ 张　茜

44　　云寨：从穷山村到"绿富美"的蝶变　/ 刘少雄

第二辑　梁野风光

53　　登山·观瀑·"氧"我　/ 陈元邦

60　　大山捎来的讯息　/ 沉　洲

68　　园丁四时花枝绽　/ 黄河清

73　　田园芬芳　/ 黄　燕

81　　尧禄村，武平的"布达拉宫"　/ 黄锦萍

87　　春天里的初见　/ 许文华

95　　观景松花寨　/ 钟卫军

第三辑　客邑风情

101　一佛一仙结缘在狮岩 / 唐　颐

107　百家大院探胜 / 蔡天初

115　在四月天，遇见千年古镇 / 苏　静

123　以姓氏名义唤醒民族记忆 / 卢一心

128　与阳民一起漫步 / 万小英

134　黄坊之梦 / 乔　夫

第四辑　武平风物

143　桃溪寻茶记 / 黄莱笙

150　那一口冒着热气的温暖 / 傅　翔

157　仙草的故乡 / 张冬青

163　灵芝生王地，光采晔若神 / 马　乔

170　万绿丛中一树红 / 周雪琼

176　蜂如斯人蜜如歌 / 景　艳

181　"一鸡一果"彰显"武平味道" / 戎章榕

第五辑　苏区风采

191　　武平是块福地　/ 何　英

198　　将军故里行　/ 邱云安

205　　血染的风采　/ 黄文山

212　　风雷激荡的象洞岁月　/ 杨国栋

218　　走进理想圣地　/ 陈彩琼

222　　后记

第一辑

边城风韵

骑游武平散记

□ 詹鄞森

这是一个可以让心静下来的地方,这是一个让你想慢慢走、慢慢看、住下来的地方。

你可以没听过武平,但不可没到过。遇上了,你就被黏住,爱上了,赖着不想走了。

最美的谷雨春天,我们来了一场最美的武平之约。

春山,春雨,春花,春树。那绿是粉绿,花开娇羞,远山含黛,青山笼翠,细雨微湿,碧水连天,禽鸣鸟叫,村庄静谧,时光停驻,一切都恰好。

武平的山,出名的有"梁野山",不是太高,也不陡峭,更不险峻,只在县城旁,抬头就可见。上面常有白云萦绕,云蒸霞蔚,不离不弃,总是云连着山,山接着地。那山峡之间,云雾弥漫,或有村落、人家屋舍、田园阡陌,疑是世外桃源。

凝望近山,只是亲切,遍山青翠,树树新绿,翠竹林间,春笋冒尖,新竹正成。这个季节看山,是烟雨春山,是盎然春意,是勃勃生机。

山于是孕育了水，水从山岩峡谷缝隙中渗出，从大地田园中汇聚，便有无数的溪河川流，一条条瀑布悬挂。这溪流不是大河大川，只是清亮舒缓，清澈透底，小鱼游弋。梁野山以瀑布出名，顺着山势，瀑布高低错落，有大有小。沿山壁而下，形成沟涧。水出山涧，水势大时，跌落成数十丈瀑布，堪比庐山瀑布和黄果树瀑布。潭下水不甚深，正好濯足。那水有时只是斜流而下，细如百练，柔若轻纱，人只想坐在其中，任其撩拨。几十级的瀑布就此形成，或听水声，或看山景，只想在树荫无人处，放浪形骸，放松心情，拥抱自然。

山下便是人家。环梁野山周围"五朵金花"，便是五个村庄。有梁野山核心景区的云寨，有千亩桃林的尧禄，有客家桃源东云，有"淘宝客都"东岗，有开心田园和十里花廊的园丁村。花开五朵，每朵多特色鲜明，各不相同，差异发展，优势互补，各美其美。

小车太快，步行太慢，我们便选择自行车骑游，串联起五个村庄。戴好手套、头盔，急迫地就想出发。伴游小刘年轻、热情。骑游专用道路，彩色缤纷，没有车马喧嚣，道路平坦，上坡稍加用力，下坡收一路清风。两旁花开正好，樱花谢了，正是雏菊怒放。一路伴游悉心照顾，又是拍照、录像，又是介绍，如数家珍。

这里是云中村寨。平均海拔600米的云寨，倚傍梁野山下。武平美在山，也美在水。村庄前一泓碧水，便是仙女湖了。女性的湖，只是温柔、清亮。大坝栏着一泓湖水，上有拱桥、廊桥，

5个拱门便是出水口，有瀑布细细滑下。沿湖栈道，有何仙姑祠、水秀广场等环湖景观，讲述当地流传的何仙姑的故事。传统文化与梦幻湖泊一体，与如约而来的梁野瀑布牵手，亲吻刚来初见的你。

好山好水带动美丽乡村建设，引来四面八方来客。山间平原处，林清境幽，流水潺潺，如诗如画。村中屋舍井然，白墙黑瓦，阡陌纵横，鸡犬相闻。刚插上禾苗的大田，一群白鹭在悠闲地觅食、追逐，一动一静尽是田园之乐，一步一景都显画中意境。走进村庄，排列整齐的客家民居映入眼帘，白墙、灰瓦、青砖、木窗、楼阁……信步山水之间，青山高耸，群峰环抱，湖光潋滟，美得不可方物。

那房前屋后，花草绿植特别之处，多是"森林人家"的民宿。热情的客家人，立时端出客家特色小食，簸箕板、珍珠粉、酿豆腐、猪肉汤，还有酒水。老七坊、唐香楼、怡氧酒店、梁野久谣小院尽可入住。还有桃溪茶寮、平桥翠柳茶馆、六甲湖畔等露营地，你就想带上朋友家人，支起帐篷，泡茶弈棋，十天半月地留宿，感受亲子温馨、慢时光的悠闲与惬意。

群山含翠，绿树绕村。武平得益于林改政策，受益于集体林权制度改革，绿水青山无处不在，森林覆盖率达79.7%，成为福建省首个"中国天然氧吧"。梁野山的负氧离子浓度最高时每立方米达9.7万个，是世界卫生组织规定"空气清新"标准的3倍。而云寨村的森林覆盖率达92.2%。"来武平，我氧你"，这口碑因此叫响，也因此赢得国家首批"全域旅游示范县"的美誉。天长地久守望山水，心中便生出情、有了爱，也生出缕缕乡愁，最是撩人。

近年来，武平发挥梁野山生态优势和近城优势，实施环山五村联动发展，打造"五朵金花"，推动乡村振兴，促进城乡融合、文旅产业发展。

尧禄村也是环梁野山国家级自然保护区和4A级景区的五村之一。走进村中，墙绘与实景天衣无缝，桃源与田园水乳交融。溪谷纵横，瀑布跌水。或驻足戏水、凭栏远眺，或静听水声、亲子嬉戏，恍若人间仙境。

来到园丁村，但见田里有花，山上有花，路边有花，庭院有花。这个以花卉苗木为主导产业的村庄，正成为一个人人想"挖呀挖"的好大的花园。

穿村而过的十里花廊，既是花卉苗木繁育基地，也是展示交易场所。在花卉陈列中心，处处精品，引人入胜。生态河堤游步道以麻绳为栏杆，是另一种古朴自然。在标准花卉大棚，袖珍西红柿和草莓点缀在绿叶丛中，百香果早已往高处蹿出。

云中村寨（李国潮 摄）

东岗村在县城通往梁野山景区的大道旁，2000多亩经过整理的农田，便是开心田园。猕猴桃、树葡萄、脐橙、油茶、彩梅等，应时争宠。林下种养与水上乐园同步，山顶古城墙开发与美丽乡村并进。

只此绿水青山，带来"金山银山"。在武平，远不止梁野山、仙女湖，还有千鹭湖、六甲湖，吸引了越来越多的游客。

近日，在中山河国家湿地公园千鹭湖景区，摄影师在野外拍摄创作时，突然发现了两种与众不同的水鸟。经过确认，这两种水鸟分别名为"凤头潜鸭"和"凤头䴙䴘"，均为国家二级保护动物，在武平多次被发现。

凤头潜鸭又名"凤头鸭子"，是一种迁徙性鸟类，常见于湖泊及深池塘。每年秋由北往南迁徙越冬。凤头䴙䴘又称"冠䴙䴘""浪里白"。此时，它们正在湖中嬉戏、滚翻、高速潜泳，在远处露头，十分可爱。当然，湖里还有会游泳的"鸡"黑水鸡、不吃鱼的鹭鸶牛背鹭、会飞的"狗"水中斑鱼狗等，十分有趣。

六甲湖地处梁野山东麓，毗邻"五朵金花"，如巨大的碧玉镶嵌在梁野山下，湖畔林海茫茫、泉水潺潺。

六甲湖沿线一路一景，有"蜜橘映波""湖山环漪""湖光寨"等湖景平台，有环湖水上运动休闲乐园，有旧时光网红街，有六甲村文史馆、星光BBQ等观光、体验、休闲、研学景点，形成独特的"梁野金花、多彩六甲"环湖旅游景观带，成为远近游客的又一好去处。

一路放慢节奏，停下脚步，看山、观水、望村，有绿相随，有人相伴，就想住了下来。观水，便有瀑布、小溪、小河，有湖泊、湿地，有水生动植物，有新鲜感。观看间，领略湖光山色，感悟自然、山水之品性。在山中观水，在水中看山，在村中读人，一幅山水长卷徐徐展开，人在画中行，观画人就成了景中人。

武平是三省通衢、福建门户，被形容为"一脚踏三省、三省一日还"之地，是福建对接粤港澳大湾区的西南门户，早已融入广东沿海发达城市半日经济圈。

武平是千年古县、客家祖地。从北宋淳化五年（994年）建县，已历1029年，是闽粤赣省际客家大本营的重要组成部分。中山是历史文化名镇和著名的"百姓镇"，清代的书院，宋时古井，明朝城墙，老县城、武所10位留驻的将军，在此开枝散叶，聚居了102个姓氏，成就了"百家大院"。岩前狮岩是海峡两岸客家人保护神定光的卓锡地，其定光佛文化园区被国台办授予"海峡两岸交流基地"。

武平是革命老区、原中央苏区县，毛泽东等老一辈革命家曾三进武平。新中国首任空军司令员刘亚楼上将便诞生在湘店。在武平，狮岩景区、刘亚楼将军故居、平桥翠柳城市森林公园、文博园、松花寨、中山古镇等地，都十分值得一去。

文明城市、平安福地。漫步武平山水之城，吹拂梁野山微风，呼吸甜丝丝空气，轻抚清凌凌江水，看绿油油的山，闻清甜甜草香，听婉转鸟声，感受一段轻松惬意的慢生活，与武平的负氧离子来一场不离不弃的邂逅。

踏访兴贤坊

□ 马照南

我沿着白灰纹路砖道,走进一条文化古街,阅读被誉为"武平文化地标"的兴贤坊。

穿过熙熙攘攘的大街,进入有个高大牌楼的兴贤坊,眼前出现一片灰瓦翘檐、雕梁画栋、气势恢宏的客家古建筑群,穿越历史长河,引发我对往昔贤人辈出、商贸繁华景象的遐想。

武平是千年古县,具有深厚的文化底蕴。据司马迁《史记》和班固《汉书》记载,这一带曾经建立过一个古国,称之为"南海国"。南海国今何在?至今仍然是个谜。司马迁笔下记载的秦汉时期福州和武夷山的闽越国、温州的东瓯国、广州的南粤国,和南海国同属于一个时期。但只是史籍记载,还缺乏有力的考古支持。

兴贤坊,在武平独树一帜。它始建于宋绍兴四年(1134年)。至今还保留当时的街区、书院、民居、水井等古建筑。作为文化中心,武平文庙、梁山书院等都集聚于此。兴贤坊,布局严谨有

兴贤坊（李国潮 摄）

序，休闲娱乐区、餐饮名小吃区、民宿区以及旅游工艺品展销区错落有致，很受当地民众和八方游客喜爱。

南安门，是保存最完好的古城门，是进入兴贤坊的正门。南安门在斜坡上，居高临下，连着南门街，直达平川河。城门墙体雄伟、厚实，高约七米，拱门宽约四米，石拱砌成。千年古城依然十分坚固，像忠诚的战士，始终保护着自己的都城。我轻抚城门，古老厚实的墙体渗出清凉之气，令人感叹先人筑城守城的艰辛与不易！

入城，来到武平客家匾额博物馆，也称"树德堂"。这是一座建于清代中期的木结构古建民居。收藏家石禄生说，树德堂出于《书·泰誓下》的"树德务滋"，意指培育美好德行，应润物无声，需长期滋践。走进堂内，古风扑面、福气满满、文意灿然。悬挂的匾额、楹联、屏风、木雕，琳琅满目，美不胜收。树德堂布局对称、空间敞亮、造型协调。天井四周的排水系统，形成"四水归堂"格局。精美的木雕，装饰着门罩、窗楣、梁柱、窗扇等，无不彰显华美大气。其精巧结构，融合了闽派、赣派、徽派传统古建的特点，兼有客家古民居之风。

石禄生说，中国是匾额文化的发源地，从春秋战国开始，至今已有2500多年历史。匾额中的"匾"字在古代也作"扁"字，《说文解字》曰："扁，署也，从户册。户册者，署门户之文也。"作为崇文重教的国家，历史上曾出现"无处不匾""无门不匾"的盛况。匾额题词，常用的经典警句，往往具有画龙点睛的作用，堪称"古建筑的灵魂"。

我们见到的第一块匾是"尚书第"（部长楼）为北宋胡仲

华所题。《汉书》有"赐大第室"。尚书第，即尚书的住宅。该第主人为毛让，官至工部尚书（约相当农业水利部长）。"尚书第"题匾人胡仲华，为兵部尚书（约相当国防部长）胡凤元的儿子。北宋时，胡仲华叔侄三人同榜高中进士，轰动朝野。

博物馆更多的是中华文化中福文化的家风题匾。"福寿同春""椿荣萱茂""福佑三尊""福国祐民""福寿双辉""福衍箕裘""福培坤厚"等。围绕树德、立德主题，树德堂展示的匾额，传递的是客家文化中忠孝仁义、尊师重道、亲善友爱、勤俭治家、谦和礼让等优秀传统价值观和道德观。尤其是福文化匾额，体现了中华民族深层的文化基因，表达的是吉祥喜庆、平安富足、顺遂美好的祝福。这些匾额，洋溢着耕读文化气息，给人以深刻启迪。

"青砖黛瓦文煌盛，斗拱红梁透书香。"文庙是武平古文化的核心。武平的文庙最早从北宋"买地建学以教民"开始，至今上千年了。期间历经过两次大迁和无数次修建，但不管如何变迁，位置都是在兴贤坊。武平自古科举繁盛、文人辈出。钟氏三兄弟钟友文、钟友武、钟友勇，还有第四个兄弟钟友盛及其下一代共计14个男丁，其中有13人考中进士、1人考中举人。聪慧的武平学子刻苦读书可见一斑。武平士子学者还有不少刻苦研读孔子朱子思想写成著作。武平孔庙按曲阜孔庙的规制重建。让人们瞻仰孔子的同时，在大成殿瞻仰"十二哲"中的朱子以及许多闽籍先贤。人们在这里祭孔、祈福、举行成人仪式，接受中华优秀传统文化的教育。武平各地还建有平川书院、文恒书院、希贤书院等19所书院。琅琅书声，武平从古以来重儒学、举贤人的浓厚氛围，走出一代代科考士人，也走出刘亚楼、林默涵等革命先辈。

梁山书院与文庙联系紧密，与中国革命史联系也十分紧密。书院八字门楼飞檐翘角，气势壮伟。书院坐北朝南，为四合院式，二进院落，左右各一列厢房。中轴线自南向北依次为院坪、中厅、天井、上厅。书院经过整修，保持原貌，还增加毛泽东、朱德率红四军三进武平等革命历史展陈。

1930年6月，毛泽东、朱德率红四军主力第二次进入武平，推动土地革命。当时，毛泽东和前敌委员会的同志们进驻梁山书

梁山书院（李国潮 摄）

院。据介绍毛泽东住在书院东厢房第一间。

毛泽东住房只有一张旧式硬木板床（白色床单，红军行军棉被）、一张书桌，一盏煤油灯。白天，他主持召开苏维埃干部和各界人士座谈、做社会调查、开展革命活动，晚上就在油灯下读书写作。红四军在武平发布许多文告，《告武平劳苦群众》《回闽敬告工农贫苦群众书》等，就在夜灯下写成的。这里还可以看到，毛泽东特别重视时政报刊的收集阅读，重视当地历史文献。毛泽东细阅《武平县志》等书籍，对太平军时期武平士绅李邦达总结的《守隘管见十二条》颇为赞赏，认为对红军开展游击战很有用。这些史料对毛泽东了解社情民意，开展革命活动有借鉴作用。

梁山书院后厅。两侧柱上一副对联：天地无私为善自获福，圣贤有教修身可齐家。横批是：经训畲畬。厅中央是一组毛泽东主持调查会议的雕塑。当年毛泽东深入了解武平各界情况，听取分田分地、维护社会治安的意见建议，和大家一起商议对策。在武平，毛泽东指导武平第一个工会——木工工会的成立，并指导泥、木、铁、五金、裁缝等"五业"工会成立，维护工商业合法权益。他听到，武平群众挑盐买卖，常遇土匪抢劫，即派红军小分队装扮挑夫前往土匪出没处，土匪全部被红军活捉，群众拍手称快。

离梁山书院不远，还有一口神奇的千年古井。县志称："城内诸井建筑，以此为最，井深而泉清。"因为水质好，兴贤坊多数住家都来此取水。住得远的人家也会来这里取水，拿回家沏茶。毛泽东和红军战士喝的水，就是从这口古井打的。将士们对此井水赞不绝口。毛泽东有时在街上散步，来到水井边和群众交谈，了解生活情况，嘘寒问暖。

毛泽东三进武平，为武平人民革命指引了方向，掀起土地革命高潮。武平由此成为毛泽东提出一系列带有普遍意义的革命理论的重要实践地，为毛泽东创建发展革命根据地思想的形成提供鲜活案例。

"我有故事也有茶，梁山书院等你来"。当晚，我再次来到书院"武平故事会"，听故事员讲《一片茶叶，引领农村奔富路》的故事。茶农王新宝坚持匠心传承，倾注精力培育种植、生产制作和打造"武平绿茶"品牌，多次揽获各级"茶王"奖项，成为武平绿茶产业发展的引路人。另一位故事员朱丽萍用客家话绘声绘色地讲述客家媳妇吃苦耐劳、勤俭持家、对婆婆细致照护的故事。每周二的"武平故事会"乡音浓浓，接地气接民意。讲叙者介绍武平历史文化、民俗风情、山川风物、今日风采，讲者神采飞扬，听众座无虚席，成为武平民众生活和文化旅游的新亮点。

石径岭三色

□ 林思翔

武夷山脉向南逶迤延伸，在闽西南的武平县形成了许多山峰，石径岭便是其中一座。

石径岭是座主峰高达千余米的大山，它横亘于武平县城与江西会昌之间，莽莽苍苍，山高岭长，是武平县城通往江西的必经之地。因山路高耸入云，从山脚到山顶要踏上近千个石阶，故此山又名"云梯山"。当地人说："云梯山，接天三尺三。"可见其高其险了。

暮春时节，山野万木葱茏。飘忽的蒙蒙细雨，给石径岭蒙上了一层神秘面纱。我们一行从石径岭北麓黄坊村出发，钻进雨帘，攀岭登山。

石径岭古道是一条全石砌造的山岭（山名可能因此而得）。当年人来人往的这条古道，如今因公路修通鲜有人走，石阶上长满苔藓。两边浓密的树林把古岭拱卫成一条林荫道，光线被遮住了，天地灰蒙蒙的。天阴地湿，"路隘林深苔滑"。我们双眼紧盯脚下，喘着粗气，一步一个脚印，缓缓地向上抬行。

越往上走，台阶越窄，仰望时如天梯直上云层，如同天路一般。我们只能走走停停歇歇。走了有一段时间，忽见前方出现了一圈光亮，那便是石径岭的隘口了。我们终于站到了海拔近千米的山坳口上了。

坳口边上建有一座小庙，庙门楹联曰"云峰屈曲崎岖路，梯度艰辛来往人"，生动地道出了山岭的路况和登山者的不易。据说，在这两峰夹峙的隘口，原有一座明代建造的登云亭，亭联曰"石径有尘风自拂，云梯无级月恒升"，表明这里的险与秀。可惜今已不存，只给人留下遐想。

站在坳口上，若晴天远眺，视线可及福建与广东、江西交界的武平、长汀、上杭、蕉岭、梅州、寻邬、会昌等三省边陲，无限风光尽收眼底。可惜是阴雨天，我们坠入五里云雾之中，眼前一片灰蒙蒙，只能模糊地看到近前的悬崖峭壁和浓密树林以及南麓通往武平县城的一段崎岖山岭了。

雨雾缠身的我们，居高临下，真有一种飘飘欲仙的感觉。同行的万安镇和捷文村领导热情地向我介绍石径岭的前世今生，令我思绪在历史与现实间闪回，感觉眼前这石径岭，呈现出了三种色彩。

古老的石径岭很早就有这么一条险峻的古道，这条古道古往今来一直是闽赣两省官吏及"盐上米下"商贩、挑夫的交通要道，每逢圩日来往岭上的客商、农夫更是络绎不绝。它见证了两省人民自古以来的相互往来和友好情谊，古是它的本色。

古老的山道，原始的生态，积淀了不少故事和传说。据说有一年秋天，山下黄坊村有位农民往县城赶集，买了一床草席扛在肩上。月光明亮的夜晚，他独自走在石径岭上。走到半山腰时，他感到后面有人抓他的草席，以为有人跟他开玩笑，就没去理睬。然而草席一次又一次地被抓，这下他生气了，便回头想看一眼责骂一下。这一回头令他大吃一惊，原来背后不是人，是一只老虎！他被吓得魂飞魄散，把草席一丢，拔腿就跑。草席散开来，成了一大片，老虎以为是什么大家伙向它袭来，受了惊吓，便往山下窜去。这位农民跌跌撞撞回到家里，上气不接下气地对家人说："虎！虎！虎！……"躺了好几天才清醒过来。石径岭除了老虎，还有黑色大蟒等动物出没。

石径岭原始的生态还引来了文人墨客，激发了他们的诗兴，留下了诗作名篇。明汀州太守刘焘面对悬崖壁立、巨树参天，有感而发，作《石径云梯》诗："叠嶂连冈断复连，岩峣鬼际出层巅。遥闻猿啸苍烟里，仰见人行白日边。岂必东山能小鲁？来临华岳若登天。游人仰望知何处，目极阑干路八千。"明武平教谕王銮诗曰："云梯削壁若书空，卓绝巍峨势独雄。寒影回超千嶂外，高悬多被白云濛。昼含雾雨看长润，夜透星河望不穷。南去北来人不断，遥看浑似画图中。"盛赞石径岭雄奇秀美。石径岭因其险要，"石径云梯"遂成"武平八景"之一。

石径岭还有一段红色历史，它见证了无产阶级革命家朱德同志的英雄气概和革命胆略。那是在1927年秋，朱德同志率领南昌起义的剩余部队，在广东饶平略事整顿后，迅即出发，经平和、永定、象洞向西北转移，一路急行军，排除沿途反动地方武装的堵截，于10月16日到达武平。

南方红豆杉（李国潮 摄）

部队的转移行动很快被敌人发觉，他们立即派钱大钧部的一个师紧紧尾追，10月17日追到武平城，逼得我军不得不在这里打了一个退却战。朱德同志指挥部队打退了敌人两个团的进攻，随后命令粟裕同志所在排占领武平城西门外的山坡，掩护大队转移。敌人进入武平城后，追出西门，遭到我军阻击，又退回城里去了。粟裕同志所在排在完成掩护任务后，立即紧跟大队行进。

　　由武平城向西北走5000米，就进到石径岭附近。粟裕同志后来回忆说，这里都是悬崖峭壁，地形十分险要，只有一个隘口可以通过，却被反动民团占据了。这时，朱德同志突然出现在队前，他一面镇定地指挥部队疏散隐蔽，一面亲自带领几个警卫人员，从长满灌木的悬崖攀登而上，出其不意地在敌人侧后发起进攻，敌人惊恐万状，纷纷逃跑，给我们让开了一条前进的道路。当大家怀着胜利的喜悦，通过由朱德同志亲自杀开的这条血路时，只见他威武地站在一块断壁上，手里掂着驳壳枪，正指挥后续部队通过隘口。在朱德同志指挥下，经过武平和石径岭战斗，部队疾速进入赣南山区，摆脱了国民党反动派的追兵。

　　粟裕同志说："这次战斗，我亲眼看到朱德同志攀陡壁、登悬崖的英姿，内心里油然产生了对他无限钦佩和信赖之情。经过这次石径岭隘口的战斗，我才发觉，朱德同志不仅是一位宽宏大度、慈祥和蔼的长者，而且是一位英勇善战、身先士卒的勇将。"

　　青山作证。石径岭有幸见证了这一切。朱德同志指挥我军指战员在石径岭与敌激战，用忠诚与勇敢为石径岭涂抹一层殷红的色彩，留下了辉耀千秋的历史印记！

古老的石径岭莽莽苍苍，山面覆盖着密密匝匝的各种树木，有原始森林，有原始次生林，还有新植的各种经济林。绿色是它最直观也最亮丽的色彩。

走在石径岭山间，松、杉、樟、枫、桐、楠等古木参天，遮天蔽日，把山体裹得严严实实；林下活跃着野猪、山羊、豪猪、獭、狸等；山鸡、竹鸡、雉鸡、斑鸠、画眉等则在树林间嬉戏；涧边水旁还生长着梅、桂、兰、山茶、紫薇、夜来香、百合等奇花异木。绿色的石径岭成了动植物的天堂。

石径岭及其周边山头，林地面积大，森林资源丰富。环山居住的村民靠山吃山，森林是他们谋生的主要经济来源。可在过去，由于林权归属不清、主体经营错位、机制不灵活、分配不合理，影响了农民耕山育林积极性，只好把宝贵的森林当柴火焚烧煮饭，以致"要想富，上山去砍树"成了风气，严重破坏了森林资源和自然生态。

进入21世纪以来，林改的春风吹进石径岭。"集体林权制度改革要像家庭联产承包责任制那样从山下转向山上。"伟大的号召在石径岭山间回响，林农心中热乎乎的。2001年冬，北麓的万安镇捷文村率先对集体山林做出了"山要平均分""山要群众自己分"的决定，开展林权制度改革，家家户户都分到了山地，并颁发了全国第一本林权证。

"山定权，树定根，人定心。"林改后，农民耕山积极性提高了，生态保护意识增强了，全村森林覆盖率提高了4.9%，达到84.2%，收入也增加了，生活过得更加红火了。林改在全县推开后，武平也成了"全国林改第一县"。古老的石径岭也因此增添了生机活力。靠山吃山，不负青山，金山银山，绿水青山。捷文村成了全国林改策源地——戴上了"全国林改第一村"的桂冠。

如今，在石径岭南北麓均修起公路，"天堑交通途"，从武平到江西非常便捷。北麓的捷文村还沿山就势建起了一条森林步道，直抵山顶，供人们休闲、漫步、吸氧、观光。林改后的石径岭及周边群山，生态得到了更好的保护，空气清新的山上山下成了"康氧"福地，吸引着络绎不绝的人们来这里感受"森林康氧添寿福，运动健氧不发福，美食滋氧有口福，乡村乐氧来享福，文化涵氧真幸福"的康氧文化带来的实惠。

从历史中走来的石径岭古色丰厚、红色辉耀、绿色浓郁，是一座承载着沉甸甸文化的名山。"赣水苍茫闽山碧"。经过恢复和装点的石径岭，如今生机勃发，更加郁郁葱葱！

走进"八闽旅游景区"
武平 WUPING

神奇的西山

□ 陈国发

闽赣交界的武夷山脉，纵贯南北，延绵500多千米。北段的武夷山是世界文化与自然遗产地，属大家闺秀，举世闻名。而南段的武平县城郊，也有一座山，古称"灵洞山"，现为西山，与武夷山有两点惊人相似之处。一是二者均为丹霞地貌，二是儒、释、道共存于一山。"灵洞之山，山重水复，小洞二十八，大洞三十六，千峰列锦绣之屏，万壑鸣佩环之玉"。西山恰似小家碧玉，养在深闺待人识。

仲春时节，我来到武平，登临西山，一睹芳容，一探神奇。从城区兴贤坊出发，20分钟车程即达山口，硕大的牌坊映入眼帘："灵洞仙境"。牌坊后有一道纯天然的山门，却被称为"水门井"。哦，原来是山涧里的清泉，长期冲刷形成的水门和一口水井，溪水汇集井中，溢满后欢快地跳下山谷流向远方。

伫立在水门井深呼吸，空气中弥漫着清甜，沁人心脾，真是太"氧"了。举目望去，青山叠翠，桐花盛开，万绿丛中片片白，在春日阳光照耀下，愈发晶莹剔透；耳畔泉水潺潺，鹧鸪声声，蛙蝉齐鸣，好一派山野春色。徒步前行相会岭，沿着生日石阶一路攀登，古藤老树不时掠过，桐花洋洋洒洒，飘落一地，银光闪闪，赏心悦目。

为啥取名"相会岭"？是为聆听读书堂传播儒家文化的琅琅书声，而上山与先贤李纲赴约？抑或是为到天竺院与佛祖释迦牟尼相会？还是为和太极仙翁葛玄隔空论道？在此来一次跨越仙凡两界思悠古之情的顿悟之旅，舒爽通透。同时，行走在生日石阶上，一年12个月365级台阶，每个人都可以走到属于自己的那一级，并许下美好的愿景。继续一路前行，吮吸着灵洞山之仙气，竟觉轻盈如风地穿过了春夏秋冬。

行至半山腰，眼前一片平地，出现三间平房，这就是灵洞山庙。简朴的寺庙虽然简陋却不简单，不仅为县级文物保护单位，且历史悠久。五代十国，佛教已渗透中国城乡。这期间的武平信众，在灵洞山的一个岩洞里，建起了天竺院，从此香火日益鼎盛。但随着时光的变迁，天竺院逐渐衰弱，成了残墙断壁。清朝顺治六年（1649年）兴建了现存的灵洞山庙。庙门一副对联曰："灵洞水洁仙人井，院净山深忠定堂"。忠定是宋代名相李纲的谥号，武平人怀着挥之不去的感恩与景仰之情，于佛教寺庙记录下李纲。

李纲为福建邵武人，曾辅佐宋徽宗、钦宗、高宗3位皇帝，跨越北宋、南宋，一生宦海浮沉，被罢官、贬谪16次，流放3次，行程2万余里。宣和元年（1119年）李纲两次上疏击中朝政要害，第二次被贬到南剑州沙县任税务官兼武平县知事。据《武

山脉延绵（李国潮 摄）

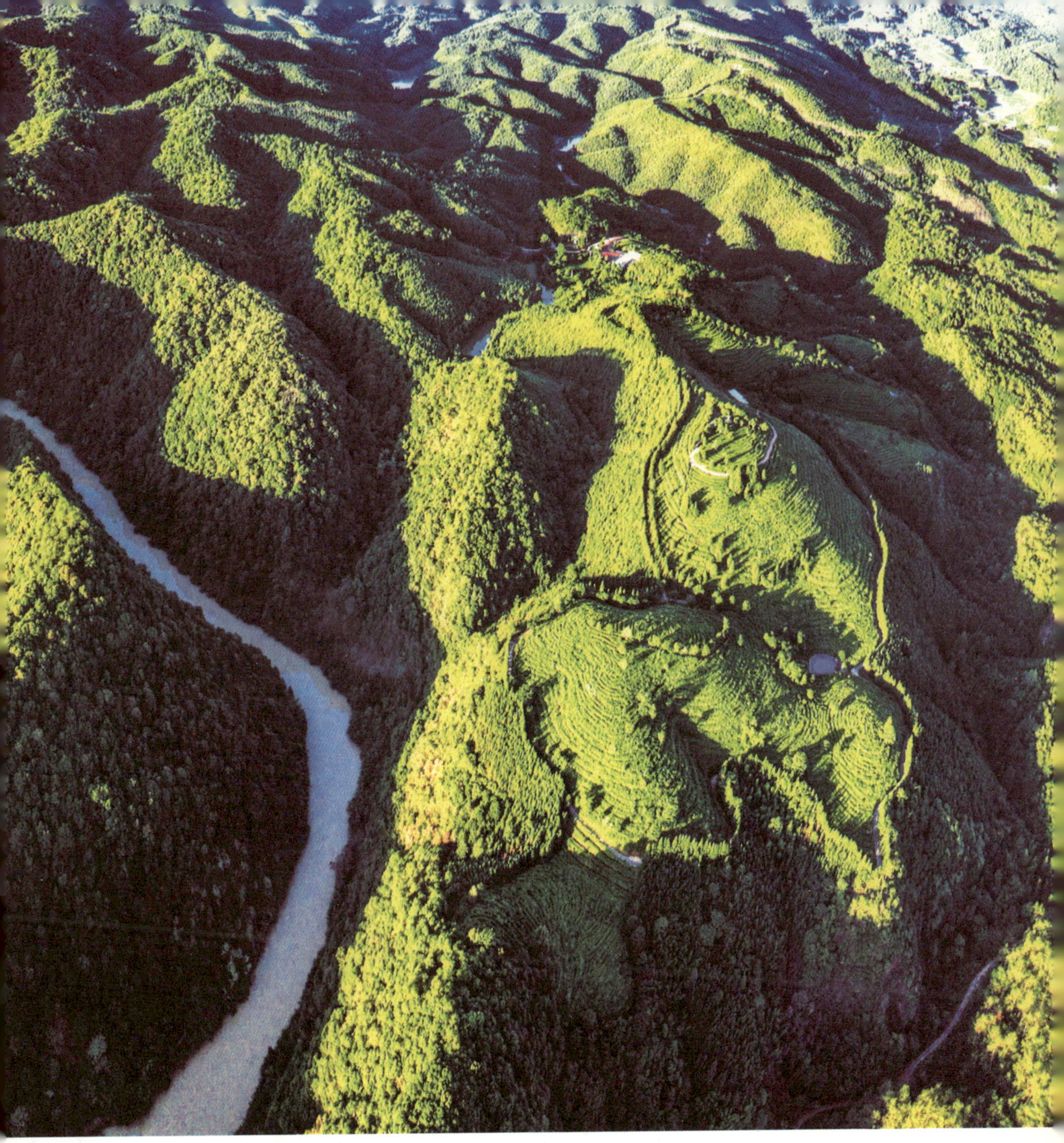

平县志·名宦》记载，李纲来到武平，社会动乱，人心惶惶，"伏莽滋漫，草木皆兵。四邻多垒，鸡犬靡宁"。面对现状，他放下被贬的失意，为中兴一方水土，大力整顿社会治安，"团结民心，安内攘外"，使"不轨之徒，闻风星散，四民成登衽席之安，商贾得免裹足之患"，老百姓得以安居乐业。同时，李纲在充分调查研究后，得出问题之症结，武平民风剽悍，文化落后，"严吏治"更要"敦教化"。

于是，李纲旋即选择了风景奇秀且幽静的灵洞山，创办了读书堂，亲自传播"仁义礼智信"等儒家思想和文化，同时为《读书堂》作诗一首："灵洞水清仙可访，南岩木古佛同居。公余问佛寻仙了，赢得工夫剩读书。"读书堂创办之初，因条件所限，第一期仅收十名学子。山里办学，纪律严明，规定学生不准游山玩水，不得返家携米、菜，仅准许父母七天送一次。由于学风严谨，教学并举，之后十名学子有九人考中秀才，从此名声大振。宣和二年（1120年）李纲官复承事郎，《武平县志》记述着李纲"去任之时，攀辕卧辙，截蹬留鞭，恨不能阻"。众多百姓拉住李纲的马车，抽掉蹬板，夺取马鞭，卧到车轮下，不让他离去。古道长亭，十里相送，真情可鉴。

拜谒了灵洞山庙的如来佛祖，山道弯弯，转过一片森林，一地翠绿，来到了读书堂遗址。平坦处的一棵香樟树下，斜靠着一块石碑，上面刻着一行字:李纲读书堂。在寂静的山林中，仿佛听到从这里传出的琅琅读书声，900多年仍在山谷间飘荡，在武平大地上回响，传入文庙，进入梁山书院，飞入寻常百姓家，生生不息，代代相传。

沿着石阶继续前行，来到了道教祖师殿。这里供奉着太上老君神像。祖师殿悬在半空中，上方是千仞丹霞，奇石奇洞，向下望去，万绿丛中，武平县城尽收眼底。遥想三国时期，吴国的太极仙翁葛玄，游历天下后驻足西山，建造祖师殿，开设了道场，还用仙人井的甘甜之水炼丹，解救百姓之病痛折磨，由此葛玄成了西山的道教始祖，深得武平民众拥戴。时光穿越至东晋年代，葛玄的重孙葛洪携其侄儿，再次来到先辈开拓之地传道炼丹，造福百姓。有诗云："燕岩千仞半浮空，旧隐仙人是葛公。留得石棋残局在，世间几度决雌雄。"这是对葛家世代传承的真实写照。

相隔祖师殿不远处的山涧中，造物主出神入化，浑然天成仙人井三叠泉：心泉、螺蛳泉、无底泉。泉水洁净呈翡翠绿，无底泉深不见底，春夏秋冬不断流，喝上一口，清冽甘甜，淋漓酣畅。这就是炼丹之泉、生命之水啊。三叠泉上峰，葛仙翁炼丹留下的残墙、石雕等遗迹依稀可见。"石耸奇峰开曲径，云攀绝壁隐天梯。""武平八景"之一的石径天梯，位于仙人井上方山顶的石径岭，为古代武平通往江西的主要驿道。1927年10月，朱德、陈毅等率领八一南昌起义军由粤入闽，赢得石径岭大捷，击毙了在此设伏的悍匪，保存了革命的火种，由此地一路北上，与毛泽东率领的秋收起义军在井冈山胜利会师，创建了中国工农武装割据的第一块红色革命根据地。

西山之神奇，在清代武平的著名诗人、书法家李梦苡笔下可见一斑："灵洞洞灵灵不顽，玲珑怪石玉连环。烟封谷口雨非雨，云截山腰山复山。"山中儒、释、道共存，人文遗存丰厚，更有那美丽奇秀的丹霞地貌，小洞二十八，大洞三十六，混交林遮天蔽日，云海不时抚摸面庞，置身于山中，仿佛天地人融为一体。尤其是那白如雪的油桐花、黄灿灿的锥栗花，映衬在青翠欲滴的林海中，更是令人流连忘返。忽然脑海中浮现唐代李商隐的诗句："桐花万里丹山路，雏凤清于老凤声。"前一句与西山美景十分契合，后一句雏凤像是西山，老凤更似武夷山。

"偷得浮生半日闲。"亲爱的朋友，信步西山吧，这里有神奇的感悟和体验：葛公炼丹辟道场，佛学源起天竺院，李纲过化读书堂，三教鼎立玉相连，碧水丹山仙人井，相会岭上有奇缘。

青山的馈赠

□ 王继峰

山，好绿的山！连绵起伏，从眼前到天边，都是青翠的一片，仿佛波涛起伏的大海，苍茫无垠。我们迎着碧绿的风，随李永兴在捷文村的山野间前行，像海面上自由飘荡的几片浮萍。

李永兴今年已经74岁，但精神矍铄，健步如飞。走了好一会儿，他指着远处的山岗说："以前那里全是黄土，树被砍光了，一到下雨天，黄泥水就直流到山脚的人家，堵住道路。"

我们顺着他手指的方向望去，只见满眼葱绿，树木挨挨挤挤，争相生长，仿佛风一吹又蹿高了几尺，哪有黄土的痕迹？

李永兴看出我们的疑惑，开始将往事娓娓道来。

武平人民自古以耕作为生，收入低，常常为衣食油盐而忧，为育儿养老而愁，为疗疾治病而苦。20世纪末到21世纪初，全国工业腾飞，许多行业需要大量原木，木材有巨大的市场需求。于是，武平人把眼光聚焦到大山上。

那时，盗伐木材泛滥成灾，木材走私产业猖獗。武平公安部门和林业部门加大警力,加强巡山护林,将一批批盗伐贩卖分子绳之以法。但重典却不能治乱象。利润丰厚,盗卖者虽然明知违法,仍旧铤而走险。更何况,武平山广林多,又处于三省通衢,处处都是违法的现场,条条都是贩运的通道,哪有那么容易禁止?而护林人员和执法工作人员断了别人的财源,更成了盗砍者的眼中钉,冲突时有发生。

李永兴时任万安乡捷文村党支部书记,他眼睁睁地看着一棵棵参天大树纷纷倒下,森林被大面积破坏,心里焦急却又无可奈何。到了后来,连碗口大的树木也被砍得不剩了,离村庄较近的山基本上都被砍光。盗伐者的收入开始减少,渐渐无木可砍。树林一片片狼藉,山野满目疮痍,生态环境恶化。

在痛心疾首之余,李永兴反复思考:"造成这个现象的根源,在于林权制度。如果推行一种合理的林权制度,问题不就解决了?"但想归想,他当然也知道,作为一个小小的村支书,自己哪里有能力改变林权制度?

就在这时,机遇来了。2001年4月,福建省开展新版林权证换(发)证试点工作,武平被确定为试点县。李永兴立即主动请缨,请求将捷文列为林权证换(发)证试点村,获得县林业局和万安乡党委政府的支持。捷文村成了全县也是全国的第一个林改试点村。李永兴经过几个月的艰苦努力,终于将集体林分配到全村的每家每户,真正实现了"耕者有其山"。

捷文村的大胆尝试,让正在探索林权改革的武平县委县政府眼前一亮。经过一段时间的尝试和反复的酝酿,2002年4月3日,武平出台《关于深化集体林地、林木产权制度改革的意见》。谁也没有料到，武平正在领跑全国林改第一步，交出的是一张即将令全国人民瞩目的世纪考卷。

2002年6月21日，这是一个无论多少年后再提起，都会让李永兴激动的日子。那天，时任福建省省长习近平专程来到捷文村，深入细致地调研林改实施情况。最后，习近平同志作出"集体林权制度改革要像家庭联产承包责任制那样，从山下转向山上"的历史性决定，并作出"林改的方向是对的，要脚踏实地向前推进，让老百姓真正受益"的重要指示。省长的肯定，让李永兴倍受鼓舞，坚定了信心，武平的林改也一锤定音。

我们边走边听，在青山绿水间贪婪地吮吸清新的空气。我似乎感觉亿万颗负氧离子迅速游遍全身，每一个细胞都精神抖擞。李永兴眺望着远处的山林，很自豪地说："武平林改是神奇的美颜师，让山美了，水靓了，天也蓝了。也是魔法师，让老百姓的钱袋子变鼓了。"

武平林改之后，奇效渐渐显现。百姓有了专属林权，成了大山的主人，每个人都是山林的守护者和受益者，乱砍滥伐的现象迅速减少。大家开始打理山林，进行人工造林，有计划地砍树、种树，既改善了生态环境，又增加了经济收入。初见成效，武平便完善相关政策，在全县大力推广和深化林改。渐渐地，不但百姓的收入远胜往昔，青山绿水也重新回到眼前。

2012年3月7日，全国"两会"期间，习近平同志到福建代表团看望代表时指出：集体林权制度改革，我在福建的时候这件事就开始抓了。多年来，在全省干部群众不懈努力下，这项改革已经取得了实实在在的成效，要继续巩固改革成果。

森林步道（李国潮 摄）

2012年12月23日，新华社发布的《"人民群众是我们力量的源泉"——记中共中央总书记习近平》指出：2002年，他对武平县的林改工作给予肯定和支持，福建由此在全国率先开展了以"明晰所有权、放活经营权、落实处置权、保障收益权"为主要内容的集体林权制度改革，后来成为全国林改的标杆。

　　随着李永兴的脚步，我们走进紫灵芝仿野生种植基地。眼前是一片宽阔的天然林，菌种直接埋在原生态的山野中。紫灵芝如鸟归林，如鱼入渊，吸天地精华，得日月滋养，尽情生长。树底下、草丛中、石头旁，到处都露着一颗颗紫黑的小脑袋，似乎在探头探脑地偷听我们说话。一朵朵紫灵芝在阳光下闪烁着紫黑的亮泽，舒展着最原始、最健壮的美。

　　李永兴指着蓬勃盛放的灵芝，说："武平林产丰富，是发展林下经济的好地方，是全国著名的紫灵芝和黄金百香果种植基地。单单在捷文村，就种了好几千亩的灵芝和百香果。"

　　青山是巨大的宝库，如果只限于打理林木资源，那就是暴殄天物。新林改逐步释放林地的潜力，更释放林农的潜力。武平林农逐步探索，充分利用山林资源，在深山里放养象洞鸡、蜜蜂，在山林种植仿天然灵芝、芙蓉李、鹰嘴桃、黄金百香果，将山上的野花朱砂根移栽成观赏花卉富贵籽……一项项依靠青山发展的产业，渐渐成了武平人民的支柱产业和全国知名的特色经济，有不少项目还被认证为市级、省级甚至国家级的地理标志农产品。

　　李永兴又带着我们漫行捷文村的国家森林步道。步道沿山坡而建，翻山而过。阳光穿过重重枝叶，将带着林木芬芳的光辉撒在我们身上。一路松竹掩映，鸟鸣啁啾，既怡情又健身。

走了一个多小时，我们遇到好几拨游客，有说粤语的，有说闽南话的，还有说听不懂的方言的。近年来，捷文村充分利用林改优势，把村庄打造成"全国乡村旅游重点村""国家森林乡村""福建省美丽休闲乡村""福建省金牌旅游村"。一张张响亮的名片，让这个原本藏在深闺里的小山村，成为游客钟爱的休闲旅游佳地。

在大力引导农民发展林下经济的同时，武平又努力践行习近平生态文明思想，开始打造生态品牌，青山绿水被开发成一片片风景秀丽的景区。除了捷文森林步道之外，武平还有梁野山自然保护区、千鹭湖湿地公园、白水寨……全都是备受青睐的休闲、旅游、康养胜地。武平成为全省首个被国家授予"天然氧吧"和全域旅游示范区称号的县份。武平人把林改转化为优美的生态资源和强大的生产力，吸引无数慕名而来的游客和返乡创业的人才，创造无数就业机会，数十万武平百姓的收入大大提高。

离开捷文村时，已经是下午五点多了。李永兴送我们到村口，热情地挥手告别。阳光下，他的身影和背后的青山融为一体。他的笑容闪烁着黄金百香果般灿烂的光芒，银发被苍茫的大山染成一根根青丝。望着他瘦削而精干的身子，我不由得对他肃然起敬。

经过多少年的不懈努力和反复实践，武平新时代的大山子民以林为友，以山为母，用勤劳和智慧呵护山水，装扮大地，打破了几千年来"靠吃山空"和"靠山山会倒"的魔咒。大山更是充分展现出伟大母亲的慷慨和无私，她用源源不断的丰厚馈赠告诉世人：人若不负青山，青山必定不负人。

走进"八闽旅游景区"
武平
WUPING

千鹭飞旋的地方

□ 张 茜

武平有座千鹭湖,因"林中湿地,白鹭天堂"而得名。其中山塘湖泊星罗棋布,水草葳蕤,湿地乔木摇曳生姿,动植物种类数不胜数,是中山河国家湿地公园的重要组成部分,为国家4A级旅游景区。

这里生态优美,风景旖旎。设有可供人们休闲娱乐的五谷营地——"松之谷、梦之谷、星之谷、风之谷、野之谷",配套着精品民宿、房车露营、亲子乐园、越野沙滩车、越野骑行等项目。随之延伸出旅游、研学、定向越野、团建拓展等活动,打造"全国珍稀生态文化休闲、体育旅游典范"名片。

千鹭湖,像镜子一样美丽,碧天彩云以及周围花草树木倒映水中,梳洗打扮,美目流盼。千万只涉禽水鸟,云集飞旋,蔚为壮观,惊艳山野。

这是一户湿地人家。湿地人家的故事让人痴迷。那天清晨,父亲去赶圩,起个大早,先到离家二十多米远的玉子湿地旁喂饱鸡和鸭，再返回家背起一百多斤自家产的黄花梨，上路了。这条小路，从家门口出发，蜿蜒穿过湿地，走上山道，去向县城。

父亲在即将走完湿地小径时，遇见了水鸟群，"那景象，真是太壮观了。"父亲赶圩回来的傍晚对哈里讲，之后的岁月里，他时常对哈里讲，一直讲到现在——哈里已经结婚生子。父亲说湿地的光映着朝霞，五彩斑斓，成百上千的鹭鸟雪片似的从云端飞来，落下。它们有着秩序，先是大个儿的，应该是雪雁，身子有鸭子那么大，翅膀展开像两片芭蕉叶，当然是小芭蕉叶。这大水鸟数十成百只的，在湿地里觅食，不时振翅低飞几米，进食的同时不忘追逐打闹嬉戏。约莫半小时后，这些大鸟撤退了，另一批体量小一点的应该是苍鹭，飞进了湿地。它们一边歌唱，一边欢快紧张地采集食物，如同赶海的渔民，集体大合唱仿若一波一波的潮音。这批鸟儿吃饱饭，急急地离开，它们知道后面还有更大的鸟群在排队等候。第三批也是最后一批，为白鹭，铺天盖地冲进湿地，湿地犹如泛起了千万朵水花。父亲看呆了，这绚丽的场景，这水鸟采食的秩序，谜一样装进了父亲头脑，以致他无数遍地对哈里讲起。

哈里说：父亲的鸟遇我没有遇见过，那需要起得很早。但这湿地属于我，是我的湿地，我在这儿长大，它是我心中的乐园。那年我八岁，父母为了躲避大家庭的纷争和吵闹，带着我，一家三口住进了湿地。湿地离我们在山地的老家有五六千米，方圆数百亩大湿地，仅住着几户人家。对于年幼的哈里来说，来到湿地是多么快乐的事情，可父母亲就更加艰难了。为了生存，父亲只能外出务工。母亲个子不高，性格乐观坚韧。父亲外出务工后，母亲除了喂养一群鸡鸭,还在临近湿地的山坡上开荒种植了一百多棵黄花梨树。可哈里的乐趣并不在果园,他喜欢湿地。那里的鱼、虾、泥鳅、黄鳝、田螺、知了等每天都在呼唤他,那里是他的领地。

哈里现在长大了,湿地养育陪伴了他,回忆起来令他眸子灿灿闪亮的是湿地蹦床。湿地是浅浅的光的空间,草一簇一片,在水中描绘着它们的图画。流水一丝丝一条条或更大些,缓慢流淌,带着夜鹭、椋鸟、野鸭、太阳的影子,弯弯绕绕地奔向大海。泥淖厚实地捂着草的脚丫子,草的根茎在这里延伸得更为舒展,经纬交织,为哈里和伙伴们提供了一张张碧绿厚实的蹦床。哈里说那蹦床实在好玩,以致跟我边说边不由自主地摇晃身子。然而,在湿地中处处埋伏着死寂而阴暗的沼泽,它以泥泞的喉咙吞噬了光。哈里如同一只灵巧的蝼蛄,和伙伴们总是轻车熟路地绕过沼泽,身子一蹴,双臂向上一扬,跃上蹦床。四个孩子,分头踩稳两边,这边两个用力踩下,那边两个放松跃起,跷跷板似的好玩。要么好几个孩子聚集在蹦床中心,集体蹦跳,床体随着他们的节奏浮动,床沿压出的水片也随着他们的节奏,滋滋欢唱,真是美妙无比。

母亲对沼泽有着烙印般的痛恨和爱。那时为了多产粮,湿地人家只能向沼泽索取,沼泽处在低洼里,能够应时调节水的高度。到了春季插秧时节,父亲就会赶回来。清晨一家人就出动,先是一趟一趟往沼泽稻田地搬运木桩、木板和树枝,再是回头捎去要使用的耙子铁锹等。母亲落下的风湿病,就始于沼泽种田。春寒料峭,水冷刺骨。母亲和父亲站在淹没肚脐的沼泽里,哈里

家园（李国潮 摄）

站在用树枝堆起的田埂上，手持木板、木桩，一块块递给父亲母亲，他们将这些硬物填进沼泽胸膛，固定出一方方能够种稻的水田。插秧前先刨地，锄头下去发出悦耳声响，一家人必是相视一笑，碰到大田螺了！有时还会冒出黄鳝和鲶鱼，听到父母惊喜的喊声，哈里就一个箭步跳过去，麻利地将鱼和黄鳝穿上早已备好的芒萁条上，带回插在田埂侧面，这在每天出工时哈里就备好的。母亲天不亮做早饭时，哈里独自去后山坡上采集几根新鲜芒萁条，要直溜的、韧性好的，末梢头留着几个叶叉子，可挡住鱼和黄鳝滑走。有了荤腥收获的这天，傍晚回家，一家人洗去满身冷泥和疲惫，父亲收拾农具，哈里烧火，母亲从滋拉作响的铁锅里铲出炒田螺，铲出青瓜炒黄鳝，端出黄酒炖鲶鱼。蓝色的，带着鱼鲜味儿的炊烟，渐渐稀去，纯粹的浓黑包裹了这户人家。母亲给父亲烫上二两米酒，一家人有滋有味地吃了一顿晚餐。

沼泽分解动植物细胞的能力，肥沃了沼泽田。收稻子很喜悦，但哈里母亲同样有着痛苦的记忆。父亲在沼泽田里弯腰收割，一把一把抛向田埂，母亲和哈里紧随父亲节奏，捆扎成束，困难是在之后。收工回家时，父亲母亲各自挑上满满一担稻谷，哈里挑上一小担。母亲身量儿弱小，树枝垫出的田埂径左右摇晃不停，母亲和稻谷担子一起掉下泥淖，她急忙爬起，收拾好担子，再踩上湿地小径。没走几步又被摇晃下去，一百多米路程，在母亲压抑的啜泣声中走完，年复一年，直到全家搬上湿地之畔，住进高阔宽敞的三层小洋楼里。这时候，湿地还叫凹坑，但有了一个更响亮的大名字——千鹭湖。

湿地记录着哈里的童年，快乐无比。暑假里，母亲饲养的鸡鸭需要增肥，这得完全依靠小哈里，他能在湿地里捉回一罐又一罐知了。高大的橡树群落、飘逸的水柳群落，聚集在潟湖边上，那么爱美，终日对着湖面梳妆打扮。知了在暗夜里身披盔甲攀登上树，掐准在曙光到来前脱壳展翅。它们借助嘹亮歌声的掩护，将口含的尖锐吸管刺进树皮，啜饮清爽甘露。知了也许预知自己是鸡鸭的最好营养品，哈里在竹林里砍取一根最长的竹竿，长到和橡树比肩，然后进入荆棘丛中寻找蜘蛛网，碰到大树低垂的枝丫就低头，碰到意态悠闲的水龟从积水中滑游出来，就伸手抚摸打个招呼。哈里将一团团的蜘蛛网缠裹在长竹竿的梢头，准备就绪。太阳升起时，迷乱的红蜻蜓不计其数，沐浴在晨光中，一双双翅膀闪烁着微光。橡树们树冠连树冠，像一片青色的云或雾，柳树悬垂的一根根枝条斜斜地飘舞，哈里梢头裹着蜘蛛网的长竹竿，在树枝间轻轻移动。竹竿升起落下，升起落下，知了稀里糊涂地集中在了哈里脚旁的玻璃罐头瓶子里。

看着鸡鸭得了奖赏，被母亲圈养的大黑猪咆哮发怒，哈里推起木制独轮车再次去向湿地。独轮车碾压潮湿小径，发出温柔细语，仿若母亲儿时给他哼唱的摇篮曲。这架心爱的小木车，是母亲手把手教哈里制作的。两根碗口粗的硬木树枝，一米五长，剥去粗糙树皮，在手把向外的三分之一处横穿一截结实细木棍，木棍上拴着圆木轮。切割圆木轮颇为费劲，哈里使劲儿压住一段圆木，母亲拉锯，锯下一片，掏空中心。这架小木车也是哈里最大件的玩具，母亲有时推着他在院子里转圈玩儿，母子俩开心的笑声像蜜糖一样甜。湿地小径将哈里和小木车，送到了香蒲湿地，这儿长着绿毯子似的清甜油草。哈里热爱劳动，他圪蹴下身子，两只手掌朝外，一把把快速旋抓，身后排出整齐的两列油草。哈里会将这些新鲜油草装在旧化肥编织袋里，捆上小木车运回家，亲手喂给大黑猪。

这是湿地人家的生活，湿地是他们的乐园，是大地呼吸的地方，是人与自然密切相融的仙境。

云寨：从穷山村到"绿富美"的蝶变

□ 刘少雄

桐花若雪映湖碧，云寨如诗闻雾香。

正是桐花绽放、乍晴还阴时节，我们沿仙女湖畔走进云寨村，但见层峦叠嶂、雾岚罩峰之下，水光潋滟、湖波倒影之间，排列整齐的客家民居映入眼帘：白墙、灰瓦、青砖、木窗、楼阁……信步青山碧水间，一步一景画中意，好迷人的现实版的"世外桃源"啊！

云寨，位于武平县城区东北部，是梁野山下的小山寨。这里山势险峻，平均海拔600米，雄山、飞瀑、幽谷、古树，构成了这里独一无二的自然生态环境。

云寨，原名叫云"磜"。磜，意为粗石。这是一个具有代表性的客家古村落，全村居住人口600余人，主要是邱、钟两姓，两姓分别聚族而居，距今已有500余年。

"有女莫嫁云磜郎，石多人穷山路长。"曾几何时，这个地处深山腹地的小小山村，因了山峦的重重阻隔，在公路不通的过去，几乎成了被人遗忘的角落。直到20世纪末，这里的百姓还是靠上山砍树、打猎维持生计。因偏远落后、环境脏乱差，许多村民被迫外出谋生，最少时仅有100多人留村。

在宽敞的农家别墅里，村党支部委员钟天平和我们聊起了家常。抚今思昔，讲起当年交通不便带来的艰难困苦，这位46岁的客家汉子感慨万千。

"20世纪70年代以前，我们村只有一条石砌路，沿着山背通往山外。村里为耕田买回的拖拉机，都是从石砌路抬回来的。那时，我们出入大山，全凭肩挑手提，晴天一身土，雨天一身泥。村里每人仅1亩多地，大多是山田，地瘦水冷，亩产低。那时，老百姓的日子过得很辛苦啊，靠养几只鸡、鸭换点日用品，赶圩都得去十多千米外的县城。"

这样清苦的日子一直延续到20世纪90年代。让钟天平记忆最深的是去县城卖米。1993年，年仅16岁的天平，和母亲挑着五六十斤的担子走两个多小时的山路进县城，走到山下时，早已浑身湿透。五六十斤米其实卖不了多少钱，只能换一些猪肉、食杂、日用品等回家。

交通不便，给云寨人带来的痛苦可是数不胜数。村里有病人需要急救，只得用担架抬着走两三小时的山路，赶到山下县医院去治疗。

一位大叔患脑出血，错过了黄金时间，没有救活；

一位孕妇难产，抢救不及时，失血过多去世；

一位村民胃出血，抬到医院时已救治不及……

这样的惨痛记忆，实在让人不堪回首。

因为穷，云寨人走到山外经常受人欺负，那时跟外村人打架是常有的事。

为了摆脱困境，1997年，钟天平的父母借了一笔钱，在县城附近买了一块70平方米的地皮，盖了幢两层楼的砖房，靠卖掉一拨拨猪崽，将债务还清后，日子才慢慢好起来。

大约是2001年，初中毕业后的钟天平，投资两万多元开了家农用车修车厂，每年可创收四五万元。

"云寨村的变化，始于2011年。随着梁野山景区的开发、公路的拓宽，村民们的观念也发生了变化。"钟天平说，他是2013年从县城回到村里的。那时，刚好修车厂要征迁，他发现回村里发展也很不错，就申请了180平方米土地，盖了现在这座三层楼

梦幻仙女湖（李国潮 摄）

的洋房，他和兄弟合建，每人一半。

那时，他欣喜地看到村里的道路已经拓宽硬化，梁野山景区的旅游蓝图也规划好了，景区指挥部就设在山脚下的东云村。

"真正让村子发生翻天覆地变化的，是2016年1月开工建设、2019年7月投入使用的云寨水库。"

2018年，水库开始蓄水，云寨水库拥有了一个美丽的名字：仙女湖。

2019年，环湖栈道建成，整座小村面貌焕然一新，美如仙境。

2020年，先后投入200多万元增加了知青馆、自驾游宿营基地。

2021年，在仙女湖边，投入50多万元开发了50亩红花脆桃基地。

2022年后，又增加了太空舱设施和五彩月亮景观，形成了仙

女奔月的美好意境……

从过去仅仅观云寨瀑布到如今走木栈道欣赏仙女湖，乡村旅游的不断升级给云寨村带来了翻天覆地的变化，原本冷清的小村子成了网红景点。返乡创业的老板、青年、农民也多了起来，为助力乡村振兴、推动农业农村发展提供了示范。

从前"养在深闺人未识"的云寨村，而今成了闻名遐迩的网红打卡地，络绎不绝的游客让这个小康村有了不一样的烟火气。

云中有山寨，风景似桃源。倚傍于梁野山麓的云寨村，得益于林改政策，全村森林覆盖率达92.2%，空气负氧离子浓度最高时，达每立方米9.7万个，是世界卫生组织规定"空气清新"标准的3倍。云寨村"绿色氧吧、清新云寨"的定位，更是吸引着众多游人来体验。

"来武平，我氧你。"在闲聊中，钟天平还说了一件云寨村"氧"人的趣事。厦门年逾古稀的黄老先生夫妇，几年前来到云寨村，就被这里的好山好水好空气给迷住了。在这环境舒适、风景秀丽和空气清新的云寨村住上一段时间后，老先生的支气管炎老毛病居然奇迹般地痊愈了。从此，老两口每年都要来到这户叫"水云轩"的森林人家住上好几个月。他还专门给水云轩添置了冰箱和橱柜，出钱让房东将水井的水拿去权威部门检测。

依托良好的生态优势，云寨村以建设美丽乡村为抓手，全力打造"智慧旅游+民宿度假+农产品推销+研学开发"等四位一体的云寨特色示范村，真正实现宜居、宜业、宜旅的美丽家园。村里大力实施基础设施提升和村庄美化工程，随着村主干道拓宽、环村道路硬化和亲水体验场地、迎宾广场、休闲长廊、农家书屋、知青馆、老年活动中心等相继建成，村庄面貌焕然一新。与此同时，村里还大力发展林下种植，并把村中特产与餐饮、民宿等紧密结合起来，形成一条生态产业链，实现了人人有事做、家家能致富的局面，将生态资源优势转变成了经济优势。

早在2015年，云寨村就成立了森林人家休闲农业专业合作社，将云寨的客家特产、美食打造成品牌，制定了标准，购物、吃饭都是统一价格，靠口味和良性服务竞争，给游客更好的旅游体验。

钟天平告诉我们，从2006年村里兴办"农家乐"，到后来经营"森林人家"，再到如今发展旅游民宿，村民们切身体会到了发展乡村旅游给大家带来了巨大效益。如今，靠经营民宿和"森林人家"，平均每户年创收10多万元。

这几年来，云寨村先后入选农业农村部"中国美丽休闲乡村"名单，文化和旅游部、国家发展和改革委员会第二批"全国旅游重点村"名单，被福建省乡村旅游服务质量等级评定委员会评为"四星级乡村旅游示范村"，被福建省文化和旅游厅、福建省住房和城乡建设厅列为全省首批30个"金牌旅游村"之一。民宿、餐饮、旅游休闲等产业的迅速崛起，为云寨村注入了新的生机与活力，铺开了一幅乡村振兴的美好蓝图。

"山间碧水流诗韵，桥上风光入画屏。"如今，徜徉在云中桥，漫步在云寨村，处处诗情画意。就连路边的围墙都是用书法题写的漫画"三字经"：常看书、多读报，新形势、跟得牢，旧观念、常更新，合潮流、受欢迎⋯⋯许多民宿也取了非常雅致的名字：轩茗居、水云轩、云水涧、益香居、客来居⋯⋯我们寻访云寨村时，好几幢新盖的民宿正在装修中。

"回来这么些年，我每年纯收入有15万元左右，日子过得挺舒心的。"钟天平家有客房12间，最多时一天接待就餐的游客就多达22桌。

如今，村里218户，有大半的农家办起了"农家乐""森林人家"或民宿，90%的人家拥有小车，全村有近300部小车，其中不乏奥迪、宝马、奔驰之类的豪车。

谈到村里的沧桑巨变，来到钟天平家喝茶的邻居、69岁的退休老教师钟尚仁也忍不住插话："现在交通太方便了，进城10多分钟就到了，吃住行变化太大了！"

他还告诉我们，村里的医疗条件好了。有急病打个电话，不到半小时救护车就到了。社区卫生院条件大大改善。现在，村民的身体健康有了保障。65岁以上的老人，享受免费体检，早发现，早治疗。村民的平均寿命大大提高，长寿老人越来越多，据统计，80岁以上的有20多个，90岁以上的有4个。

村民对教育也非常重视，大学生周建平和钟静、邱伟鹏、钟正文、钟东平等牵头设立了云寨村民间助学基金，家家户户自觉捐款。村里培养出了三四十位大学生、两位博士研究生。

林权改革赋能乡村振兴，文旅融合助力百姓致富。从离开故土外出打拼，到重回故土发展创业；从守着绿水青山受穷，到绿水青山变成金山银山致富；从"有女不嫁云寨郎"的穷山村，到年接待游客80万人次以上的"生态美、百姓富"的示范村、小康村，云寨村走出了一条生态引领、产业为本、生活富裕的乡村振兴之路。

第二辑

梁野风光

登山·观瀑·"氧"我

□ 陈元邦

"飞流直下三千尺,疑是银河落九天。"李白的诗句,培养了我的瀑布情结,听说哪里有瀑布,总想去领略一番。这次到武平,听说梁野山景区内有瀑布,我的冲动劲一下就上来了。第二天,在当地的同志陪同下,我直奔梁野山。

梁野山挨着城边,从下榻的宾馆驱车到山脚景区门口不到15分钟。梁野山是国家级自然保护区,位于武夷山脉的最南端与广东南岭山脉东头的交会点上,面积143.65平方千米。你一定听说"来武平,我氧你"这句话了吧,我们武平的空气特别的清新,在县城繁华地段空气中的负氧离子含量达到立方厘米2500个左右。按照世界卫生组织的标准,空气中每立方厘米的负氧离子含量达到1000至1500个时,就是洁净空气了。去梁野山,算是走进天然氧吧了。

山门前,白檐黑瓦,红色圆柱,略微翘角的带着客家建筑风格的门庭式建筑与山融为一体,古朴端庄。山门前并排建了三

瀑布（李国潮 摄）

座石拱桥。导游告诉我，三座桥各有寓意，中间的那座寓意是"福"，左边的那座寓言是"禄"，右边的那座代表是"寿"。通过门庭，我们向山里走去，开始了观瀑之旅。

远眺群山，青绿间点缀的梧桐花，白色的花开在青绿间，有些开始凋谢，花瓣落在栈道上，多了几分的浪漫。我们沿着沟壑边的栈道一路向前，过了芭蕉亭，潺潺水流声入耳，越往前走，哗哗的水声越来越大。导游说前些天下了雨，水量比较充沛，是观瀑的好时节。我想起在北戴河游览时，手机里每天都能收到当地旅游部门发布的信息，告诉我日出的时间。如果武平的旅游部门能够编制一个旅游舒适度指数，每天对外发布，为游客旅游提供精细化的服务，一定会让人感到体贴温馨的。

前方就是神牛瀑了。观瀑心切让我的脚步不由自主地加快。水贴着陡峭石壁而下，有如布幔从高处舒展开来，之后又顺着石壁的两道凹处奔腾而下，中间凸起的石壁状如牛头，神牛瀑因此而得名。客家人从事农耕，尊牛喜牛爱牛。从这瀑布的命名中可见一斑。

栈道沿涧而行，时而平缓，时而拾级，微风徐吹，带着一股清甜。树林茂密，率性而生，不时可闻鸟语。举目望去，有的鸟儿泊在枝头，有的在枝间跳跃，叽叽喳喳，好不热闹。溪涧水声清幽，树上鸟语欢闹，水流声、鸟语声，佳木秀而繁阴，水落而石出。我在八仙亭旁读到一首诗："君在亭里寻八仙，众仙已约去南天。只留林鸟眠山月，月照仙姑种金莲。"没有标注诗出何处、何人所写，但这诗把我带入山月之中，看到山月鸟眠，月照仙姑，好一首月夜诗，好一幅月夜图。

时而驻足赏水，时而抬头看林，卧虎泉出现在我的眼帘。栈道边立着一块牌子，讲述了卧虎泉的故事：相传定光古佛在此喝水，一只老虎悄然而至，被定光古佛用法力定在此处镇守山门，从此各种野兽不敢出山。看了故事，我开始寻找石虎的影子。溪水流至，石壁阻挡，分成了两股水流，一股直接顺壁而下，一股落在了石臼里，水在臼中沸腾、回旋，溢出后沿石壁漫出。两道水流中央，一块石头如卧虎状，任水激湍，它总是安静地卧在那里，任岁月悠悠。这是一个美丽的传说，一个心愿的寄寓，人们希望避免野兽的侵扰，能够安居乐业。

在峡谷间回望山外，平原开阔。记得从城里来的时候，村落被一大片绿油油的植物包裹着，孟浩然"采菊东篱下，悠然见南山"的诗句，此地不也有"种烟云寨下，悠然见梁野"的闲适意境吗？

过了卧虎泉，便见草鞋坡。一道瀑，不以瀑名，让我有些不解。导游看出了我的疑惑，"你静静地看着瀑布，能不能看出道道来？"水流顺着凹凹凸凸的石壁，分成几股而下，有的平缓地贴着石壁，有的在石块间溅起水花，不管是平缓或是浪花四溅，水都被横亘于下方如同陂一般的石块拦住，拦出了一条渠，水顺着渠服服帖帖地往边上流去。一石成陂，陂形又如草鞋，便有了"草鞋陂"之名。不以瀑名，而以陂名，奥妙就在这块岩石上。

看罢草鞋陂，我意犹未尽，此间溪涧相对平缓，水声低诉。走在栈道上，不时可见岩石上铺满的青苔，树林下生长着我叫不出名字的菌菇。老藤或是孤悬山间，或是攀缘老树，有的还跨在栈道。有一根树藤，长到了碗口大。导游说，像这样大的藤，已经不多见了。栈道边上，一株抱团的树扎着许多红带子，当地人把这棵树称之为"多子多福"。过了河马饮泉、仙姑潭，便见溪中的一块绿洲，几棵松树长在绿洲上，岩石上有一行摩崖石刻，"五棵松"。传说这五棵松树是定光古佛用指头挖土种下的，其中有一棵长得较小的，是用小指种下的。定光古佛是客家人的保住神，客家人都很崇拜他。

名山之美，不只是美在风景，而且也美在人文。一路行走，我观了瀑，听了许多美丽的传说。山色优美吸引文人墨客纷至沓来，留下优美诗句，百姓也把心愿寄于灵山秀水之中，让山水更富有人文之性。

观瀑的过程，也是赏石的过程。举目望着溪涧，怪石嶙峋，在水流的冲刷下，形成形态各异的石臼、大大小小的沟涧、平坦的石板。在石与水的厮磨中，坚硬的花岗岩被水打磨得油光可鉴、色彩斑斓。我站在飞鱼瀑前望着飞流直下的水，水带着微黄，不是水的黄，而是石的黄。水里含着多种微量元素，经年累月地流淌，慢慢地腐蚀着石头的表面。举目望着蔚为壮观的瀑布，我以为，水与石在演绎着自己的爱情故事，水把爱的印迹留在了石壁上，把石壁上的污泥冲刷得纯洁。溪涧中的石或深或浅、或圆或方、或大或小、或悬崖或峭壁，石让水或奔腾高歌，或和缓低诉。飞鱼瀑下，水漫荷花石，又向三面垂流，晶莹碧透。一块不大的石块，有如此功能，真让我另眼相看。大自然的魅力让我折服，在荷花石旁，状如出水蟾蜍，仰望天际。

拾级而上，瀑声如洪钟。声音来自通天瀑，它是瀑布群中最壮观的一级。激湍水流聚势而下，水雾四溅，宛如绵绵细雨，滋润面庞，丝丝清甜入肺。石壁边上立着一块牌子，上面写着"康养级负氧离子体验处"。导游说，休息一下吧，好好享受被"氧"的快乐。这里的空气，还真有让我有被"氧"的感觉。我坐在木凳上，任水雾扑面，吐纳间，吮吸到了清新。栈道边的石岩上，山泉沁出石缝，静静流淌，看起来那样羸弱，与那磅礴的瀑布相比，简直可以忽略不计。然江河之水，正是一道道细流汇聚而成。

拾级向下寨的最后一级瀑布披云瀑登去，这是下寨瀑布中道路最陡峭的一段栈道，扶栏拾级，边行边停，我还是有些气喘吁吁。导游鼓励说，再往上行，就是仙女湖。我驻足回望，在一个多小时里，登了山，观了瀑。一条峡涧，能够看到这样多的瀑布，还不多见。我问导游，这条峡谷有多少级瀑布。导游说，有名无名的加起来有38级，已经取名、有一定规模的有7级。真是云寨瀑布，瀑瀑相连，瀑瀑各异，"氧"你有乐。

我一鼓作气登上了仙女湖，气势恢宏的大坝矗立于前，水流从坝顶漫出。大坝之上是廊桥式顶，"仙女湖"三个字高悬廊桥中央。这里原本是一片田地，后来国家烟草专卖局支持武平烟叶生产，在这里筑坝成湖。湖畔石刻《仙女湖记》，不仅阐述湖的前世今生，而且略叙云寨之由来。我伫立坝头，湖色山色，向着村寨眺望，白墙黑瓦，与山有机融合，依偎在梁野山的主峰古母顶，云蒸雾绕，峰顶若隐若现，风光旖旎。一处仙境啊，难怪人们称这村寨为云中村寨。

观瀑回来，瀑布、湖和村寨的景色在脑海中挥之不去。记得导游告诉我，瀑布分为两段。昨天我走了寨下的那一段，总觉得有些遗憾，第二天一早，我又上了一趟云寨，拾级而上观赏了飞云瀑、金龟瀑。一个小时左右，我们下山，伫立村头回望，目光顺着古母顶入下沿，瀑布、村寨、湖连成一条线。你可以选择从寨下起步，登山赏瀑，中午在村寨吃饭后再登赏瀑；也可以从村寨起步，看看云寨的两级瀑布，甚至就开车自驾，来一次乡村游。一条旅游线，多种旅游法，不管选择哪种，都会从中享受到乐趣。

云寨真是个好地方，有机会再到武平，我一定会再到云寨，再观瀑布，再让武平"氧"我。醉"氧"武平，一定很惬意。

大山捎来的讯息

□ 沉 洲

贯穿闽赣两省的界山武夷山脉，往西南方向逶迤绵延了550千米，在毗邻广东的闽西武平县域内立定。书籍上说，武夷山脉北段山脉地势均在海拔千米之上，南段海拔多为千米以下，及至末端的武平县域，海拔高度仅600至700米。现在核实了，这只是个平均数字，那里仍然耸立着10多座海拔千米的高山。

我喜欢在武夷山国家公园的自然保护区行走，数次登顶武夷山脉主峰黄岗山，站在海拔2160米上，感受闽赣苍茫云天；也曾徒步去了该片区海拔最高的麻粟村，追寻世界红茶原产地正山小种的生长情况。身揣如此喜好，对武夷山脉南段的梁野山国家自然保护区，自然神往已久。

在梁野山西边山麓，我目睹了流水的放荡不羁和恣意纵情。它们或轰然垂下，舒展扇形，仙人一般白发飘逸；或紧贴岩面坐着滑落下来，敛声屏息，不仅润物细无声，前端水沫还一次次画出转瞬即逝的树冠图案。它们或在岩石上前仆后继，借九天玄女的金梭编织白练，丝缕毕现；或就着岩隙飞泻，刹那间珠弹玉跳，遇阻弹起再划出一道柔美弧线……水与岩石合奏出来的曲调，刚柔相济，喧哗中不乏浅唱低吟。这里的峡谷多为阶梯式山体，蜿蜒擅变，清澈水体下衬着姜黄、橘黄、玫瑰红的花岗岩体，峡谷两侧青翠树冠葱茏，翻卷如烟。苍茫蓊郁的大山清空出一条捷径，捎来原始森林讯息，也成就了山泉水忘情的表演。

倘若没有此前一路驻足凝视的登顶过程，我必定会好奇心十足，眼前这全然一幅声色俱佳的山水图景究竟源自何方？又是谁哺育了它？

记得曾经抵临武夷山脉中段的君子峰，国家自然保护区的管理人员做向导，带我分别探入西部和东部山麓。午后，偶遇的一位护林员告诉我，徒步登顶来回必须五个小时。企盼登顶而未遂，大呼失之交臂。有了这个经历，这次我对梁野山保护区所在地的城厢镇宣传委员直言欲登顶，他说没有五六个小时下不来，联系保护区后再次提醒，明天天气预报有雨。我不容置疑地回复没问题。

上午刚过八点半，我站在梁野山西麓海拔500多米的云寨村口。春末天气助我，今天雨转多云。仰望前方，梁野山横亘，如长条画屏一般，大山的上半部被灰白雾霭洇化入天，颇有中国画留白的意韵。但见郁郁苍苍的绿基调底板上，新绿团团簇簇，白桐花间或嵌缀；常绿阔叶乔木钩栲林的穗状黄花，勾勒出一圈圈树冠的丰满，颇似波澜一样无节制地漫卷；还有一些边缘不规则的墨绿色，那是松杉类的暗针叶林带。四月里万物生长，最是大山行色丰腴之时。

俯瞰武平（李国潮　摄）

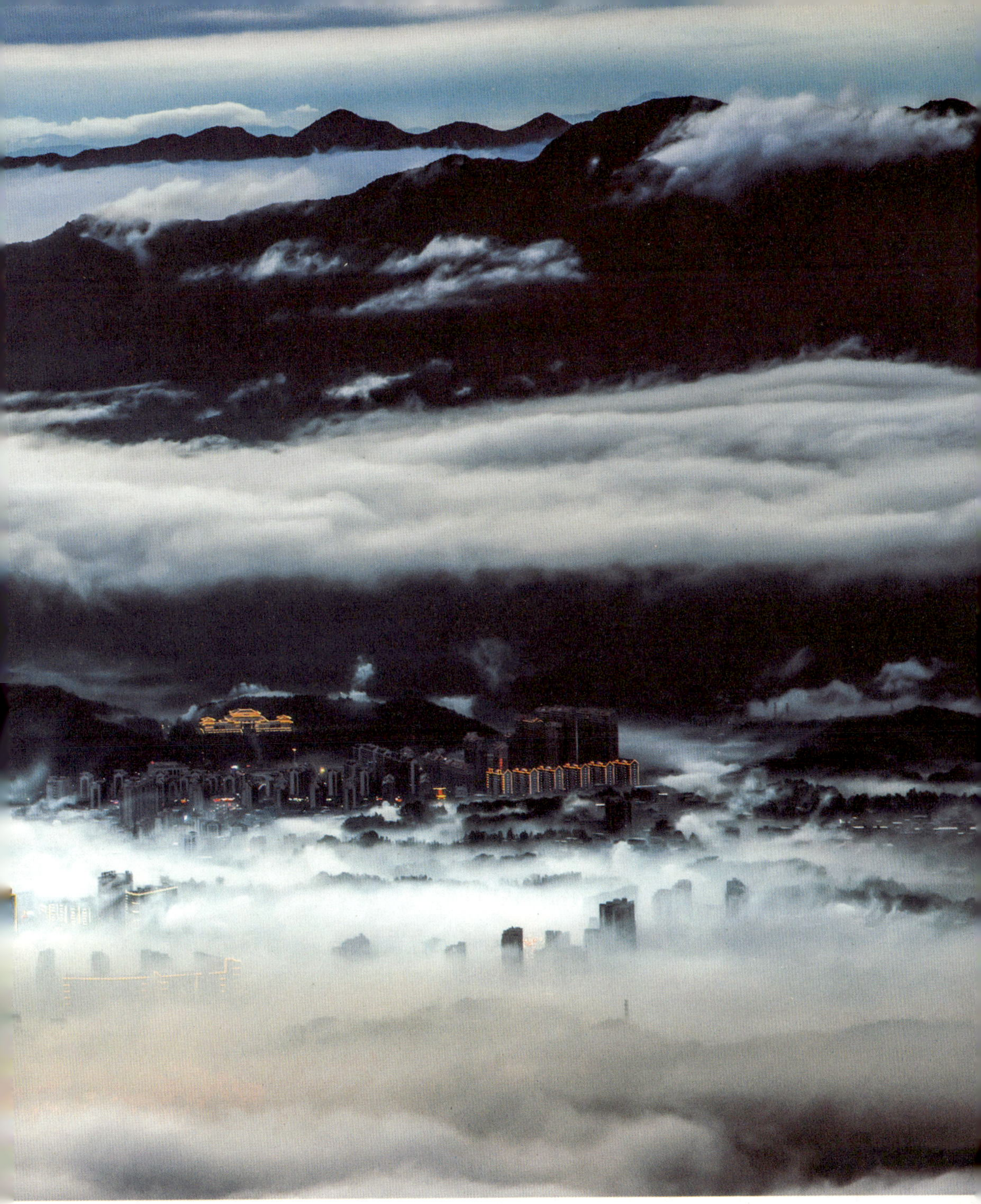

我所面对的，仅是梁野山国家自然保护区14365公顷面积的一隅。它属于中亚热带、南亚热带的过渡区域，森林覆盖率88.4%，是迄今为止闽地保持最为完好的原生性森林群落之一。区内动植物资源丰富，起源古老，成分复杂，被业界誉为"天然绿色基因库""野生动物避难所"。

保护区派了两名当地护林员，俨然押送俘虏似的，把我夹在中间，足见他们做了最充分的准备。上山石径时断时续，似雪桐花不时奢侈铺陈，峡谷里飞瀑溅起的水声里镶嵌着鸟儿的长鸣短啼。森林气息清鲜不说，细细咀嚼，还能品出甘爽滋味儿。梁野山的检测数据表明，原始森林里每立方厘米空气中含有9.7万个负氧离子，因此获"中国森林氧吧"的美誉加身。

原始森林里光线黯郁，乔木的树干树叶已成剪影。目光越过稀疏枝叶的间隙，连缀起对面山上一溜树冠新芽，那里仿佛经阳光照亮了一般。我看见一根碗口粗的油麻藤，黑涩的藤干上径直绽开拳头大的素花，状如一窝羽毛油亮的白鸟，凑近细看，有弯钩般的尖喙伸出。钩栲板状树兜嵌有一窝窝肥嫩水灵的浅褐色木耳，枯叶底下又冲出一枚精致的橘红色圆蕾。护林员告诉我，这是灵芝幼苗。青苔泊附的朽石一侧，还有不知名的菌类，伸出灰白色的袖珍枝杈。这些目之所及，仅为冰山一角，保护区内拥有的真菌数字是63属122种。

我也看到苍翠细叶披垂的南方红豆杉，它属于第四纪冰川时期遗留下来的孑遗古老树种。保护区的资料介绍写道：梁野山分布有近万亩天然红豆杉群落，从幼苗到胸径近两米的大树均更新良好，种群结构呈金字塔形，为国内外所罕见。

我曾经就植物保护问题求教一位生物学家：保存植物种质资源，难道仅仅是为了让后代能看到它？他为我解惑：自然界的生物多样性属于一个完整链条，缺失其中任何一档都可能影响到万物生长。当下科技水平并不能认识所有生物，假如分离提纯紫杉醇科技问世之前，红豆杉种群灭失，我们便无法获得那样一种天然生物抗癌药。

走过保护区缓冲界碑不久，林木丛中一座坍塌炭窑赫然。曾几何时，阔叶林对现代人类而言，与原始人眼里的一样，都是身价低廉的生火取暖耗材，可以随意砍伐。当下中国已经升级进入生态化赛道，保护大自然的一草一木、保护自然生态，就是在保护人类自己。

进入核心区后，为了节省时间——也许看我的体能还值得被信赖，护林员决定弃环山石径，取直登顶。那是一条山洪冲刷出来的沟坎，山岩铺地，每一坎都有齐膝高。莫约攀爬了一个多小时，钻出一片森林，天色大亮，身边尽是不足一人高的矮曲林，仿佛闯入一个盆景园。

我们爬上一道山脊，石蛋散布，其间被踩踏出一条似有似无的黄土路，路旁石缝间爆出丛丛簇簇的杜鹃，花艳叶嫩，在迷雾笼罩里渐次退远隐身。从岩石垒叠的裂隙处，踩着蚀化砂石继续登顶，我发现脚下岩罅间苔藓暗绿，湿绒绒的，还有水滴不停渗下。环顾四周尽皆石蛋，何来水源？

所谓主峰一截，基本乱石峥嵘。站上海拔1538米的峰巅，登山绝顶我为峰，显然是痴心妄想。众石簇拥上的那尊花岗岩石蛋，周遭圆润，四五人高，它傲立苍天，号"古母石"。有清康熙《武平县志》为证，梁野山"顶有古母石，大数丈，一石载之，登者见百里"。好啊，远古之母创造森林生态系统，涵养水源，孕育自然万物，值得人类天荒地老地去敬畏。脚下绝壁临渊，四下里混沌一派，即便看不到阡陌田园、屋舍俨然，望不见青山逶迤又有什么可遗憾。就此，天地人已与我相融，彼此难分。

热气腾腾的脸上，有冰针似的碎步一阵阵掠过。山顶的云雾就是一只长有无数透明小脚的巨兽，它时不时地伸向大地，为人间捎来雨露甘霖。

登顶沿途所见已经足矣，无所谓再绕远路去寻觅那些名胜古迹，什么仙人洞、白云寺、白莲池、普福塔和古佛。啃完面包已到十二点半，我们离开山道，另闯新路打道回程，再次蹚进森林走捷径下山。脚踩松软的腐殖土，双手抓稳树枝，学着皮糙肉厚的野猪，从茂密的树林里硬是拱到了绕山主道。

踏着流水上的石块匆匆前行，冥冥中，有潺湲水声唤我回首。驻足侧望，那是怎样的一帧画面：硕大的土红色石面上，菖蒲遇石缝成簇成丛，绿茸茸的青苔上点缀着亮黄落叶；清泉水蹑手蹑脚的模样儿，依着石面形状丝绸一般滑溜下来。四周雾霭氤氲弥漫，眼前的一切仿佛都浸在清清的牛乳里。近处灌丛粉绿，感觉从其后朦胧缥缈的树影里浮上来；空中树木虬枝，飞藤的黑影参差盘旋，快意穿梭。再往后，所有景象迷离依稀，深邃处见一束天光返照。这一切竟似某个梦境缠绵的情形。恍惚间，山涧尽头似有一只雄鹿剪影，伫立回眸，那一刻万籁俱寂，唯有心跳咚咚。深埋心灵幽处的原始记忆被唤醒：这便是我们祖先的家园……

一步三回头离去，顺着山涧下行，在暮霭升起之前，便遭遇了那些美艳如歌的瀑布群。

目击一块块花岗岩上流泉飞瀑的精彩演绎，我的思绪犹如眼前的水雾一样纷纷飞扬起来：当我们在现代城市的钢筋水泥丛林滞留久了，身心被浮躁侵蚀得粗俗干涩之时，原始森林分娩出来的清流，它冰清玉洁的水体、美艳溪瀑和令人神清气爽的水雾，便是滋润、修复我们灵与肉的安魂药。

郁郁葱葱的森林生态系统，人类那无法舍弃的梦中家园啊！

园丁四时花枝绽

□ 黄河清

梁野山下有一处花的村庄叫"园丁村"。我不知道园丁村的村名由何而来，也许是悠久的花卉种植赋予了这个村"园丁"的村名。

村庄是人类生存的图腾，是人生的原点，就像缠绕在大地胸前的珍珠项链，被季节一次次摊晒；恰似珍藏在记忆深处的水墨长卷，被岁月的手掌无数次描摹；犹如刻在灵魂深处的经书，被虔诚的亲情反复翻阅与咀嚼……心有千结，情有万缕。村庄里的每一缕风、每一朵云、每间房屋、每棵庄稼、每束花草、每群牛羊、每缕炊烟、每截恩怨，无不蕴含淡然而永恒的乡愁。

阳春三月，我走进了被称为梁野山"五朵金花"之一的园丁村。村如其名，繁花似锦，绿树成荫，园丁村名副其实，花的村庄得益于村里辛勤的园丁们的精心呵护。客观地讲，这些年，无论城市和乡村面貌变化都非常大，城市化的步伐在加快，村庄无论数量还是版图面积都在递减。距离县城仅3千米的园丁村，逐步享受城市人的生活方式，这是多少代农民的期盼与梦想。然而园丁人在冷静思考和回味，竟隐隐滋生惋惜和担心，期望挽留下更多闪耀乡风民俗光泽的村庄，尤其是把村庄的形态、传说和精神留下来，把村庄文化的根脉留住，把横穿中华文明的乡愁留下。

园丁村找到了一条发展与乡愁并行的路子，他们充分发挥传统花卉产业的优势，实施花卉加旅游战略，利用文化再造及产业更新的方法，以花赋能，按照"一溪两岸、三点一带"来进行规划布局，打造花卉种植、花间休闲、花艺研学的乡村旅游示范点，园丁也因此被称作武平的"十里花廊"。

园丁村顺势而建、随形而成，或依山，或临溪，或面原，推开家门，就直目山水或广袤的田野。村庄周围长满各种各样的树木，什么油桐树、柳树、樟树、杉树、香椿树、苦楝树等等，还有那些自生自灭、无人打理甚至没有名字的树木，自在天然，饱食沧桑，长得千姿百态、郁郁葱葱。清澈的漈溪穿村而过，溪水涔涔，不急不缓地行吟着闲适的乡村小调，溪的两岸分别是田园溪岸农耕道与文旅溪岸绽放路。

沿着溪岸农耕道漫步，溪水在草地与花的边界缠绵绕过，满目的花静静地释放着浅浅淡淡的香。在一丛丛的杜鹃花中，可以看到花开的各种姿态，它们有的含苞待放，白粉相间的花苞鲜润可人；有的刚刚绽放，几只小蜜蜂就迫不及待地钻了进去。月季在枝头怒放，有红的、粉的、黄的、紫的，五颜六色，或温柔，或明媚，或清新，渲染的连空气都是甜甜的。"桃花嫣然出篱笑，似开未开最有情。"一棵又一棵的桃树上，一簇簇桃花似一群群蝴蝶停落在枝头。一阵微风吹过，花瓣纷纷扬扬地落下，姿态是那么柔美舒展。花瓣飘落在小溪中，随着溪水缓缓流淌；撒落在草地上，给绿色的绒毯染上点点艳红；还有的飞扬在柳枝间，绘出了一幅"桃花欲共杨花雨"的意境图。而最多的要数桂花树，一排一排亭亭玉立地向着远方延伸，小小的桂花彼此依存着，躲在绿油油的枝叶间，静静地绽放着生命的芬芳。三月盛开的桂花，花香要比秋桂清淡。香是那种山野寂静的芳香，有一种禅意的清静之美，是褪去繁芜，一种山村隐逸的幽香。

不远处是一座造型雅致的小屋，墙面上挂满了爬山虎。爬山虎是一种攀藤植物，它可以永不停歇地向上生长，有着锲而不舍、奋发向上的寓意。同时因为爬山虎四季常青，也象征着勃勃生机。村干部告诉我，这里是园丁公益书吧，也是三点之一的学习之花研学点。书吧为村民们提供了一个良好的学习环境，丰富了群众的业余文化生活，让园丁村不仅出培养鲜花的园丁，也努力培养为祖国大花园奉献的"园丁"。书吧周围种植着大片太阳花，太阳花的颜色鲜艳夺目、五彩缤纷，有的洁白如玉，有的鲜红似火，有的深黄若金，而那粉红的又像抹了一层又淡又薄的胭脂。太阳花的生命力十分旺盛，象征着坚强不屈与向往光明，寄托着园丁村的村民对下一代的厚望。

走进恬逸园生态休闲农庄，一股淳朴秀美的原乡风扑面而来，真有"高楼非吾归，田园始为家"之感。整个园区占地面积2500多平方米，集花卉展示、民俗客栈、农家餐厅、水果采摘为一体，为人们提供了观光休闲、农事体验、餐饮住宿的一条龙服务。围合的庭院空间，错落着大大小小的公共庭院和私房露台。整个庄园散发出大自然的气息，各种各样的花草树木，让人仿佛置身于山林之间,享受着一片盎然绿意。

一座廊桥横跨在漈溪两岸,桥长大约10来米,成拱形,古朴典雅,雕花精湛。桥上有几个花甲老人正在促膝闲聊,还有青年男女在桥上娱乐嬉戏。走过廊桥,来到溪对岸的绽放路。这里就是三点之二的健康之花运动点。整条绽放路长1.2千米,象征着每日的十二时辰。路面以彩色沥青作为基底,地上采用了地绘,记录了每个人从呱呱坠地到三十而立的每一个阶段。路两旁按照四季种植了金盏菊、炮仗花、凌霄花、绣球花等等,四时有花,一路生花。此时的金盏菊正是"簇蕊红尘秀色争"。绿色的花盘有序地排列着,托起数不清的金黄花朵,密密层层,重重叠叠,在微风中轻轻摇曳。

绽放路也是骑行道,是环梁野山最美骑行线路的一部分。在鲜花盛开的绽放路上,还有不少拍照的打卡点。整条绽放路上点缀了八道景观小品,包括知行桥、耕读亭等等。骑行或漫步在绽放路上,既健身又养眼。

一阵阵儿童的嬉戏打闹声吸引了我的目光,不远处就是村里的幸福广场,也是第三点的幸福之花休闲区。这里打造出了可以容纳老人、中青年、少儿的邻里幸福空间。围绕园丁党群服务中心、便民服务中心,增添了知青亭、亲子沙滩、博物馆、咖啡屋、音乐盒子、夜市广场等等设施,实现了事有所办、老有所养、幼有所育、学有所教、食有所安,在这个空间里吃喝玩乐娱应有尽有。特别是到了夜晚,村民们在广场的啤酒屋、烧烤区、乡村音乐盒子,听着小曲,吹着晚风,喝着乡土精酿啤酒,尽情高歌一曲,在乡野中宣泄着饱满的情绪。年轻人还可以在打造成五光十色的朗读亭和留声墙里,把你当面不敢说出口的话,录制成二维码，可以通过扫描二维码听到你朗读的诗词或留下想说的话，在五彩斑斓鲜花的衬托下，大声地说出你的爱。在梗博物馆里，年轻人可以聚集在一起交流网络流行用语，喝一杯梗奶茶，学习更多正能量的网络梗，让幸福之花的邻里空间成为环梁野山片区中的一个网红旅游景点。精心设计的儿童游乐区，让你在放松身心的同时，不用担心孩子的去向，让你在这个夜晚，在这个区域得到全身心的放松。这里改写了村庄日出而作、日落而息的自然原生态。

咖啡馆旁有一座造型精致的亭子，横梁上书写着"知青亭"3个楷体红字，这是当年21位青葱年华的厦门知青共同筹建的，以纪念那个年代的峥嵘岁月，也感恩园丁村的乡梓情怀。顺着知青亭往前走，就是园艺景观长廊，也是村里的花卉展销基地，是最能体现园丁村特色的地方。村干部告诉我，这是村里产业振兴项目之一，采取"以奖代补"的形式，积极引导扶持花农从粗放型苗木种植，转向精细化盆景管理，将花圃变花园，更将展销游览融为一体。长廊里一丛丛牡丹花悄然怒放。牡丹是花中之王，园丁村把它作为主营花卉。一盆盆造型优美的绿植盆景，更是体现了园丁们精湛的技艺与巧思。

绿色既可富国，又能惠民。天蓝、地绿、水净、景美，已成为乡村美好家园的绚丽图案。园丁村让乡愁有了鲜活的载体、灵动的气脉和五彩缤纷的形态！走在"田里有花，山上有花，路边有花，庭院有花，家家乐开花"的园丁村，如同吟咏一首悠长、浪漫、清丽的田园诗，也像欣赏一幅生动、淡雅、古朴的山水画，又像聆听一曲秀美隽永、空灵舒缓、感情细腻、如痴如醉的牧歌……

走进"八闽旅游景区"
武平
WUPING

田园芬芳

□ 黄 燕

翻山越岭去武平,是因"来武平,我氧你"这句广告词的诱惑。

知道它是千年古邑,知道它是将军故里,知道它是"林改第一县",知道它是"全域旅游示范县",但是,敢喊出这样的口号,得有多大的底气啊!

朋友在客栈等候多时,说已经租借好了自行车,还邀请了骑行管家陪同,要先带我去转悠一圈,然后再找个村子去吃农家菜,体验一下山城人的慢生活。其实此时我已倦怠,最想的不是去溜达,而是躺平伸直。朋友见我迟疑,明白了我的意思:"要不你先伴着鸟语花香眯一小会儿吧!"

谁料,这一眯,就已是夜幕降临。我开玩笑地告诉朋友:"我怕是醉氧了!"朋友笑了:"这就醉了?明天去爬梁野山,看瀑布,寻胜探幽,会让你更加'氧氧'得意!"

但我是个一听要爬山就腿脚酸软的懒人,我选择了在梁野山下的东岗村信步而行。据说这里能春观杜鹃夏赏荷，秋看枫菊冬会梅，一年四季，田园芬芳。而走畦径、穿烟田、采果蔬、捉鱼虾、享美味这些乡村野趣，则是甚合我意的旅游体验。

沿着妙笔生花的骑行道，我们到了东岗村。

这是一座没有围墙的大花园。蜿蜒曲折的村道和小溪，挂着一摞一摞的肥田沃地，春华秋实，滋养着这个祥和安静的村庄；宽敞平坦的骑行道穿村迤逦，道路两旁绿草如茵，花团锦簇，树木苍翠，小河潺潺。整齐和谐的配植与道路设计，像一首韵意丰满的诗歌，既有素朴真切的风味，又有悠然不尽的情致。三五成群的游客和结队而行的"骑士"，一路欢声笑语，犹如悦耳动听的彩色音符，跳动在这方绿色的土地上。田里劳作的农家人，会不时直起腰，笑着朝外地客人点点头招招手，算是一种回应。

骑行道将城区、村庄、农田、景区连成了一个网，骑行累了，随时停下来，农家应季瓜果菜蔬应有尽有。若是正好遇到"小芳"，跟她去屋后山坡上抓个肥美的走地鸡，加一把清香草根，用她家的柴火灶炖煮，会是怎样的神仙美味啊！也可以在田头或溪边支个烧烤架，烤一堆红薯芋头，让温暖的烟火驱散寒意。还可以下地向农民请教一下农耕技术，讨几粒种子，拔两棵菜苗，回家在阳台上体验一把种植的乐趣……

逗趣园是骑行道边一个不大不小的农庄。木头搭建的"山门"，顶上还盖了一排仿真茅草，看上去很有乡野气。进去是两大间前后相通的木屋，门前墙上，贴着"蓝莓采摘"和"草莓自采"的海报。但此时，草莓已过季，蓝莓还未熟。只有里屋几个巨大的酒缸，在悄悄地泄漏着蓝莓的秘密。

房前屋后都没见到人。后门出去，是一片开阔的田园，种满各种农作物。一条搭了棚架的机耕道，悠长地伸向村庄的深处。高高的棚架没有覆盖，不知主人是想让它爬满葡萄呢还是奇异果，抑或是紫藤、月季、炮仗花，还是别的什么？闭上眼睛，我仿佛闻到了花香。

远处的小黄狗发现了东张西望的我们，吠着飞奔而来。百香果架下带仔的母鸡，也惊讶地梗起脖子，"咯咯咯"慌忙把仔仔们招呼到自己的翅膀下。

主人从田里上来，喝住了小黄狗。听说我们想在农庄转转，他答应得很爽快："好哇好哇！随便看！"

交谈中，我得知这个壮实的汉子名叫李世平，是土生土长的东岗人，九年前租了别人一百多亩地，种水稻、草莓、蓝莓、荷花、百香果等，目标主要瞄准研学和旅客。他指着眼前一大片稻田说："这是昨天刚插的秧，过两天就能返青，到时放养些稻田蛙和稻花鱼，暑假孩子们来采莲挖藕抓鱼捉蛙，才有得玩！"

我问："是不是钻到瓜果架下除了采摘，还可以捡鸡蛋、鸭蛋？"李世平点点头："看来你也懂立体种养！所以，化肥农药是万万不能用的！"

说着他顺手采了几个小毛桃塞到我们手里："尝尝这种早春桃。别看它又小又青，香甜爽脆得很呢！"李世平告诉我们：这十来棵桃树是他试种的，任其自然生长，虫吃鸟啄，桃子产量低，品相也不好，但市场价格却很高，还很难买到。

李世平说他以前当过十多年的烟农，经营着十几亩烟田，收入不错，后来又去了别的乡镇种烟，最多时有两百多少亩地。像

武平百香果果园（李国潮 摄）

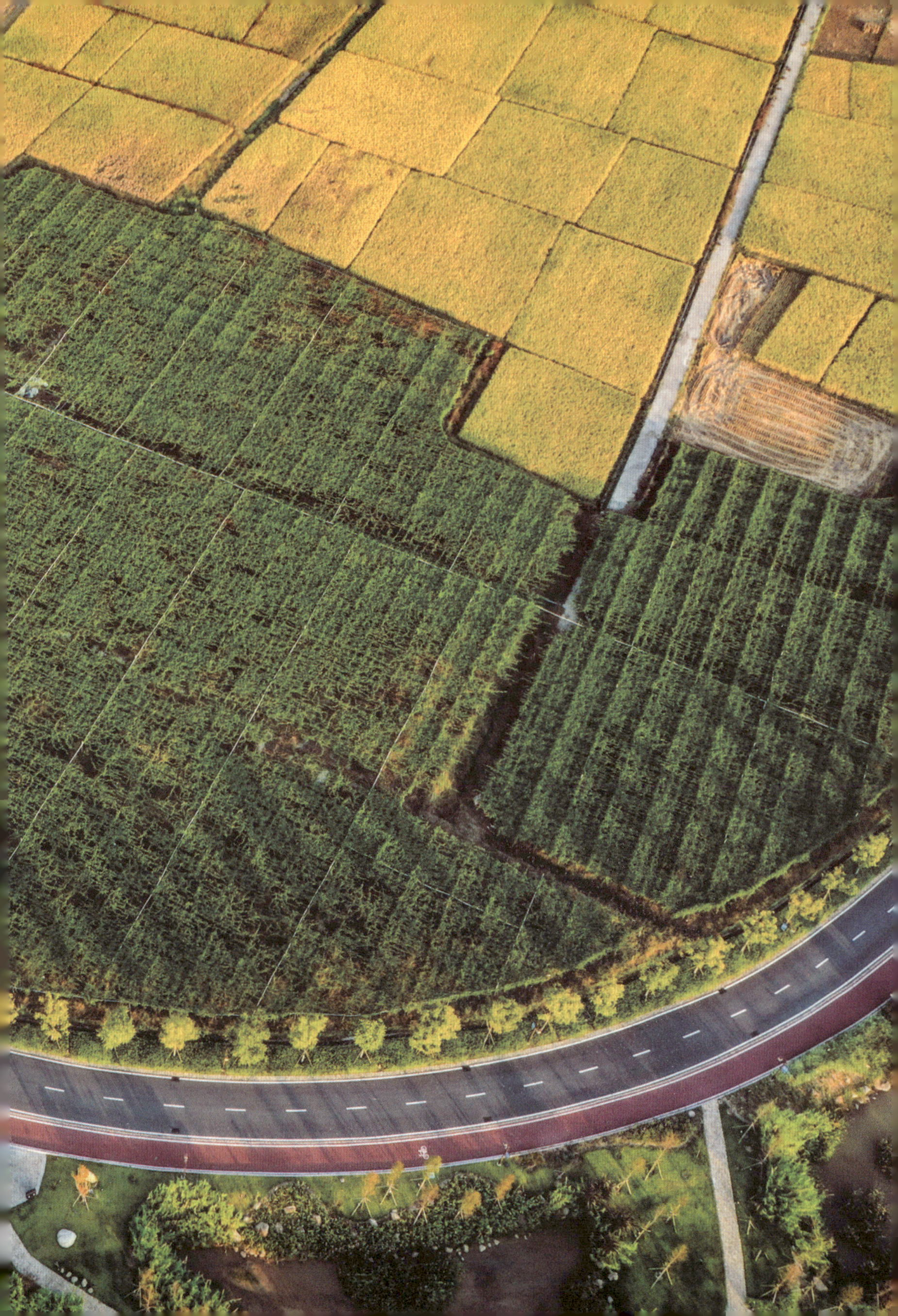

大多数农人一样，深深融入血液，并随脉搏一起跳动的，还是故土。赚了些钱，李世平就想回家办农场。"捧着家乡的泥土，心才能踏实下来。"

说话间，李世平的手机响了，是乡镇干部的电话，说是一个小时后有个科技团队要到逗趣园来参观。他有些不好意思，说，其实村里有很多种植户，种烟叶、种水果、种花卉、种蔬菜，各具特色，都做得很好。"要不，我带你们到石老板的农场去看看?他家规模大。"

被李世平称为"石老板"的农场主叫石陵辉，他的东岗村农场离逗趣园只有一小段路。石陵辉是外村人，"70后"，以前在厦门做光伏生意，后来回到武平来做电站。因为喜欢土地、喜欢农村，想在田土泥水中寻回儿时的快乐，他才在这里承租了许多农田和荒地，但这几年也有些不顺，走了些弯路，赔了钱。

石陵辉在河滩上建了几间钢构平房，用来劳作歇息和堆放工具。我们到来时，他正在指挥几个工人将捡拾的鹅卵石堆放在一起。

"唉，石头太多！"来之前李世平跟他打过电话，所以初次见面也没有客套话。石陵辉手一划："这一大片，以前都是河坝，土层薄，沙石多，水分含不住，植物长不好。刚开始在这里种了几年百香果，发现除了土质不行，温差也达不到要求。"他说想改种洛神花和桃、李、橙什么的，还去了漳州考察。"摸着石头过河，都试试，慢慢来，'学费'总是要交的。"

石陵辉很乐观。他说，现在请人把地表石头捡掉，平整好，种些漂亮的花花草草，让过往的游客看着舒服，让来研学的孩子们有东西可玩，也给自己做做面子。要不然，人家会说，哎呀，那个石陵辉可真无能，包了那么多地，荒在那里长杂草。

其实，石陵辉怎么可能让地一直荒着！他想做的事太多了：他想把农场做成一个基地，将村里的种养散户都团结起来，带动前行，打包销售；他想开民宿，开直播，开农产品加工厂，创自己绿色、安全、响亮的品牌；他想建个广场，搭个丰收舞台，让周边的乡亲有个休闲娱乐的地方，逢年过节给老人们设个宴席请个戏班子；他想让孩子们一到节假日就想放下手机走进大自然，来他的农场采摘、尝鲜、摸鱼、拔草、捉虫，出一身汗，踩两脚泥。

他说，一个烧烤就能带火一座城，一个农场也能带活一个村！

他说，如果像他这个年龄的人都不种地了，以后就更没人务农了。他要让他的孩子懂得，土地才是人类生存的根本。

他说，他希望在外面打工的年轻人都能回来，只有把家乡搞好了，外地客人才会愿意来我武平……

"我武平！"石陵辉的言谈中不断有这三个字出现，我不能确定这是口头禅还是情感的流露，但至少，我感受到了他的自豪和自信。

突然，石陵辉顿住了。好一会，他像醒悟过来："哎呀，我是不是说多了?其实我也没那么无私和心系社稷啦。投资做农场，资金扔进去一大把，'学费'交了那么多，肯定也想有回报啊。只是，做事不能整天只想着自己的口袋，更不能投机取巧，身上得有正能量。我只能先好好做起来，做好了给政府看，才能得到支持；做好了给乡亲看，才能有人响应。"

告别东岗，我有些感慨：从前的农民，脸朝黄土背朝天，为了温饱，土里刨食，"半夜呼儿趁晓耕，羸牛无力渐艰行"。他们刀耕火耨，不屈不挠地走过千年，将生生不息的遗传密码和坚强意志，蛰伏在生于斯长于斯的土地上。如今，我从这些对土地倾注满腔热爱的人们身上，看到了那份从岁月深处漫溢出来的执着和淡定。他们与父辈的最大不同，是具有掩隐不住的情怀和诗性。所以，他们有勇气有信心融入时代，紧跟步伐，将生机勃勃、惠风和畅的美丽田园，洇染得五光十色、四季飘香。谁能说，这些在大地上深耕细作的人，不是笔墨横姿的丹青妙手?

尧禄村，武平的"布达拉宫"

□ 黄锦萍

武平人想象力很丰富，居然把一个小小的村庄比作布达拉宫。这个村庄是城厢镇的尧禄村，究竟有怎样的底气，敢作如此夸张的比喻，我很好奇。

尧禄村地处武平县城郊区，距武平县城约9千米，位于国家级自然保护区——梁野山的东南面，以梁野山山脉天马山的天马寨、四姑寨、马鞍寨等古城堡为主体，群山环抱中的小盆地上，长出一座小村庄，这就是尧禄村，环梁野山试验区"五朵金花"和县级乡村振兴示范点之一。从高处俯瞰，尧禄村层层叠叠，错落有致，依山而建的阶梯式楼房，一排排一栋栋，大多三四层高，坐东北朝西南，确实有点布达拉宫的意思。谁没见过布达拉宫宏伟的建筑？即使没去过西藏，也会在电视上、画报上见过，人类建筑史上的奇迹嘛。布达拉宫依山垒砌，群楼重叠，坚实敦厚的花岗石墙体，松茸平展的白玛草墙领，金碧辉煌的金顶，强烈装饰效果的巨大鎏金宝瓶、幢和经幡交相辉映，红、白、黄三种色彩的鲜明对比，层层套接的建筑形体，体现了藏族古建筑迷人的特色。走进尧禄村，最接近布达拉宫想象的，就是"依山垒砌，群楼重叠"的特色，如果村庄里的楼房没有大面积彩绘的渲染，那跟其他地方的新农村有什么两样？

关键是尧禄村人有想法，墙体可以刷白，可以留水泥灰，也可以绘画，当3D绘画围绕着一个主题展开，统一的风格，立体的思维，巧妙的构思，艺术化的表达……尧禄村瞬间变高级了，有色彩了，有文化韵味了，有布达拉宫的底气了。我要替尧禄村感谢一下创造精神财富的彩绘团队，是他们的介入，让尧禄村脱胎换骨，改变观念，过上了不一样的生活，乡村振兴一旦注入文化的力量，必将走出一条色彩斑斓的康庄大道。回想2018年，村里寻思着以文化振兴乡村，决定请龙岩学院经管院做乡村旅游规划，由戴腾荣书记、厦门百巢艺公司吴仰英、厦门油画艺术协会画师团队绘制创作油画。他们先是在村里试画了两三栋房子，发现画出来的效果不错，与村庄环境很吻合，村民很喜欢，希望也在自家的房子外画。于是村里决定在路边的屋子作画，这一画就画了20多栋。因为墙绘，必须清理房前屋后的杂乱无章；因为墙绘，必须做好墙面围墙的粉刷；因为原先的房子千篇一律，于是在瓦片上配上茅草。因为这些改变，村容村貌美了，家家户户门前屋后种果树、养花草。没想到的是，当年春节期间，每天来看墙绘的就有四五千人，村子的路一下子变小了，从来不堵车的村庄堵车了。

我这样为你描绘尧禄村的3D墙绘吧，简直就像进入露天展览馆，用当今时尚的说法叫"沉浸式"体验：群山间一位养蜂人正在查看蜂箱，蜂箱外几只蜜蜂"嗡嗡"叫唤着；石板道上一位梳

桃花盛开的地方（李国潮 摄）

着长辫子的村姑正在挑水回家准备午餐；小溪里几只鸭子嬉戏着溅起水花；田间地头，农民正在埋头插秧，割稻的、摘桃的、挑担的、耕牛犁田的、脚踩水车的，全是农耕场景。最让我印象深刻的，是一只蹲在墙角的看家狗，奇妙之处在于狗的眼睛，你走到哪，狗的眼睛始终忠诚地跟着你到哪，让你不忍心离开。我还进入一幅画中，挑着一担沉甸甸的鹰嘴桃，发到朋友圈里，居然有人信以为真。3D墙绘有很强的互动性，几乎每一幅画都可以让游客参与其中，成为画中人的感觉，真的很奇妙，画在墙上、人在画中。这些散发着泥土香的3D墙绘让城里人倍感新鲜，现实世界与墙上绘画融为一体，游客被乡土文化感染着，不由自主地拍照、互动，发微信、做抖音。一个网红村在3D彩绘画中诞生，更多的游客蜂拥而来，尧禄村显然有些措手不及。

当年在尧禄村担任党支部书记的钟兰英，对尧禄村倾注了满腔心血。她说，农村就一定要像农村，所有的3D画，都要以农耕文化为主题，打造特色农家小院。之后村里又画了50多栋房子，老房子修旧如旧，新房统一立面装修。村中心把50多亩地，从村民手中租过来，由村集体投资，建采摘果蔬园、花果山；村里的水库、小溪，建成"桃源花溪"；村道拓宽实现硬化、绿化、美化；堤坝廊桥、健身步道、亲水平台也逐渐完善；桃园欢溪、淘气堡、休闲茅寮、山寨石堡、乡野民宿相继对外开放，山外人蜂拥而至，村里人开门迎客，乡村游一下子就火了。

游客进来了，必须把农副产品带出去，不然怎么实现乡村振兴？尧禄村干部苦思冥想，想到了鹰嘴桃。鹰嘴桃被称为"桃中王子"，因其尾端像鹰嘴似勾起而得名，又因其3月开花，6月底结果，也被称为"六月桃"。鹰嘴桃个头不大，但又脆又甜，咬上一口，核肉自然分离，成熟的果实呈碧绿色，色彩诱人，让人垂涎欲滴。珍贵之处在于，鹰嘴桃只适合尧禄村的土壤，其他地方种不好，这就是尧禄村的优势啊。村委会副主任陈富贞带我去看漫山遍野的鹰嘴桃，桃树遍布村头村尾、山间地头，抬眼望绿油油一片，层层叠叠。正值人间四月天，树上的鹰嘴桃已经挂果，青翠的小桃长着茸毛，有点鹰嘴的样子了。看着密密麻麻的小果子，陈富贞说，今年一定会是好收成，让我6月份一定再来尧禄村摘鹰嘴桃，他说这里最热门的，就是鹰嘴桃采摘游了。这些年来，尧禄村结合当地的自然资源、历史人文、产业布局等优势，把鹰嘴桃种植和观光旅游业作为全村发展经济、农民致富的主导产业。目前全村已有203户农户种植了1500余亩鹰嘴桃，以桃花为媒，以鹰嘴桃为介，春季来这里赏花，夏季来这里摘桃，远近闻名的桃产业基地，"阡陌桃园，尧禄人家"成为现实版的3D彩绘。尧禄村因为桃花，真的撞上了"桃花运"。2019年尧禄村入选第一批国家森林乡村；2020年尧禄村入选福建省"一村一品"示范村；2020年，尧禄村被评为福建省金牌旅游村。

尧禄村，多么吉祥的村名啊。问起村名的由来，陈富贞告诉我，尧禄村名不仅含有中国古代圣君尧舜禹之尧的意思，又含有古往今来百姓所愿的福禄寿之"禄"，都是很好的寓意。然而尧禄村原先的村名叫"牛轭岭"，这里实在是太穷了，抬头是山，低头还是山。20世纪八九十年代，有民谚这样流传，"有女莫嫁牛轭岭，吃饭都得上驳岭"。"脏乱差"的尧禄村，外面的人不愿来，里面的人不愿留。经过多年的精准扶贫，尧禄村摇身一变，变成了客家桃源网红村,村里的泥巴路变成了水泥路,泥巴墙涂上了彩绘,蜘蛛网般的电线不见了,一台变压器为满山桃树送去了"甘泉"。中央电视台记者走进尧禄村采访时,陈富贞对着镜头说:"以前我们村路小,坑坑洼洼的,骑自行车都会摔倒,交通非常不方便,环境卫生也很差,别提什么生活质量了。现在柏油路修到了村里,乡村旅游发展起来了,大家的日子就都过好了。"

走进尧禄村,村口风水树古木参天,安安静静的村庄很干净,鸟叫声显得特别响。尧禄梯田好像雕刻在大山上的杰作,诗情画意的感觉是那么直观,不需要用文字描绘。随着山势的起伏,错落有致的梯田采用不同的色彩拼接,呈现出人与自然的完美融合。尧禄村抓住被列入环梁野山试验区"五朵金花"和乡村振兴示范村的契机,朝着既定的目标奋进:做大一个主导产业——鹰嘴桃产业;培育三个延伸产业——乡村旅游、主题民宿、药膳养身;抓好桃园建设、道路建设、环境卫生整治、美丽乡村建设、古民居古村寨保护开发和林下经济。通过专业合作社经营推动、"公私合营+政企合作"模式、党员示范带动等方式,着力把尧禄村打造成集生态观光、休闲娱乐、农耕体验为一体的乡村旅游特色村,推动实现村民收入和村财收入双增收。

从贫困村到网红村,从鹰嘴桃产业到3D墙绘,从桃花节到采摘节,从宜玩宜乐的桃源欢溪到宜居宜游的精品民宿,蓬勃发展的乡村游带动了餐饮服务业、林下经济的发展,促进了旅游产品的销售,尧禄村昂首挺胸地走上了乡村振兴之路。

尧禄村,从画中走出来的小山村。让我们记住这座把自己比作布达拉宫的小村庄。

春天里的初见

□ 许文华

2023年初春，我与六甲湖初见，便已倾心。

通往六甲湖的盘山公路，如一条没有尽头的绿色透明隧道。清新浓郁的氧离子，争相安抚着五脏六腑。烟雨正蒙蒙，春山犹可望。如烟的山岚轻轻升起，惊动了茂林中的鸟类。鸟类的清啼，一声，两声，无数声，灵动了春山。

桐花开得正盛。大团大团洁白花朵在葱绿的阔叶中浮动、闪烁。风吹，花儿纷纷从枝头飘落，如轻盈的群蝶飞舞在山间，而后轻轻落在灌木上，灌木就成了绿底白花的布。好静谧好温馨呢！

有同行人率先下车，小心地踮着脚，追着落花拍照，痴痴的样子，让人动容。

我也下了车，俯身拾起一朵落花，花蕊羞涩地漾起一层粉色，那是春天的一声叹息——舒缓惬意、意味深长的叹息。

雨，逐渐变得淅淅沥沥。只有我们撑开的伞，浅紫鹅黄的，点缀在偌大的青绿世界里。雨点轻敲着伞，如纤细的手，轻柔地轻敲琴键。那曲子，轻灵，深情，微醉人心。

迤逦的公路尽头，六甲湖以沉静温柔的姿势，蓦然间铺满视野。

恍若自然天成，在春的雨雾里，纯净、澄澈。

雨停了。薄薄的轻纱从湖上袅袅升起，缓缓飘向山间，飘向空中。

天空那么蔚蓝！连绵的青山圆润柔和，似断还续。偌大的一湖碧水，从眼前奔向远方，从碧绿到葱绿到嫩绿，最后在远方的透明空气里，与长天相拥，融合成柔和的青灰色，分不清哪是山哪是天了。山与山之间的小小缝隙，被湖水充满着、濡湿着、滋润着、呵护着。

好一个天高地迥浩浩荡荡的山间水世界！

一群黑山羊出现在远处湖岸边，它们踏着细碎的步子，款款地踏草而行，不时低头啃食青草。青草带着晶莹的水珠，一定芳香鲜美。头羊"咩咩"几声，呼唤催促着幼崽，声音温柔亲昵。

我们走下一段台阶，台阶上方满满覆盖着葳蕤繁茂的绿色藤蔓。这气息，古朴又浪漫。台阶下是泊船码头，几只画舫静静栖息在水边：红船身，红柱子，黄色翘脊的顶，簇新，却又古色古香。船夫用沉静的眼神和我们四人打了个招呼，便开动了船身。

发动机的声音很小。听得到风轻抚万物的声音，窸窸窣窣的。循着若有若无的水腥气，我的目光追寻到了水中游鱼的身影：也是若有若无，但似乎又感觉得到它们或独游或群嬉的身姿。据介绍，水下的鱼种类繁多，有鲫鱼、鲤鱼、鲢鱼、草鱼以及其他一些比较珍稀的种类，它们有野生的，也有人工定时放养的。

画舫在湖中绕行一圈，山光水色尽皆铺展，绵绵不断，是微缩版的《千里江山图》呢！

环湖岸有黑色沥青巡查道。路面中间，别出心裁地刷着红黄蓝三色，这是自行车赛道的标识吧？问导游，果然如此。当地政府曾在这举办过环六甲湖自行车赛，是县级的。

导游笑曰：近年来，随着"梁野金花，多彩六甲"省级示范区建设项目在武东镇的推动实行，六甲湖已然成为当地一张重量级的旅游名片了。今后，这里有望举办更高级别的赛事呢！

亲山亲水自然大气，六甲湖真是当地旅游发展的神来之笔！但事实上，这六甲湖的由来，并非旅游，而是民生发展。

武平地处闽西，是闽粤赣三省交汇处。这人称"客家祖地"的地方，一直多山少水。县城城区有条平河川，流量不大，流经区域并不包括武东镇，在很漫长的时间内，武东，是渴望被滋润的土地。

20世纪70年代初，有识之士便囿于当地多山无水发展滞后的状况，提出在山顶建设水库，以实现抗旱防汛、灌溉发电、供水养殖的功能，借此改善当地民生。这一提议，立马得到积极的回应。从1974至1975年，福建省水电厅、省地质队经过现场勘察勘测，决定兴建六甲水库。

为保证水库的建设，六甲村以及周边的美和、教文、新东、袁畲、东兴、张畲7个行政村必须移民搬迁，涉及270多户近2000人口。这些客家人，难道还得像从遥远中原南迁的先祖一样，又

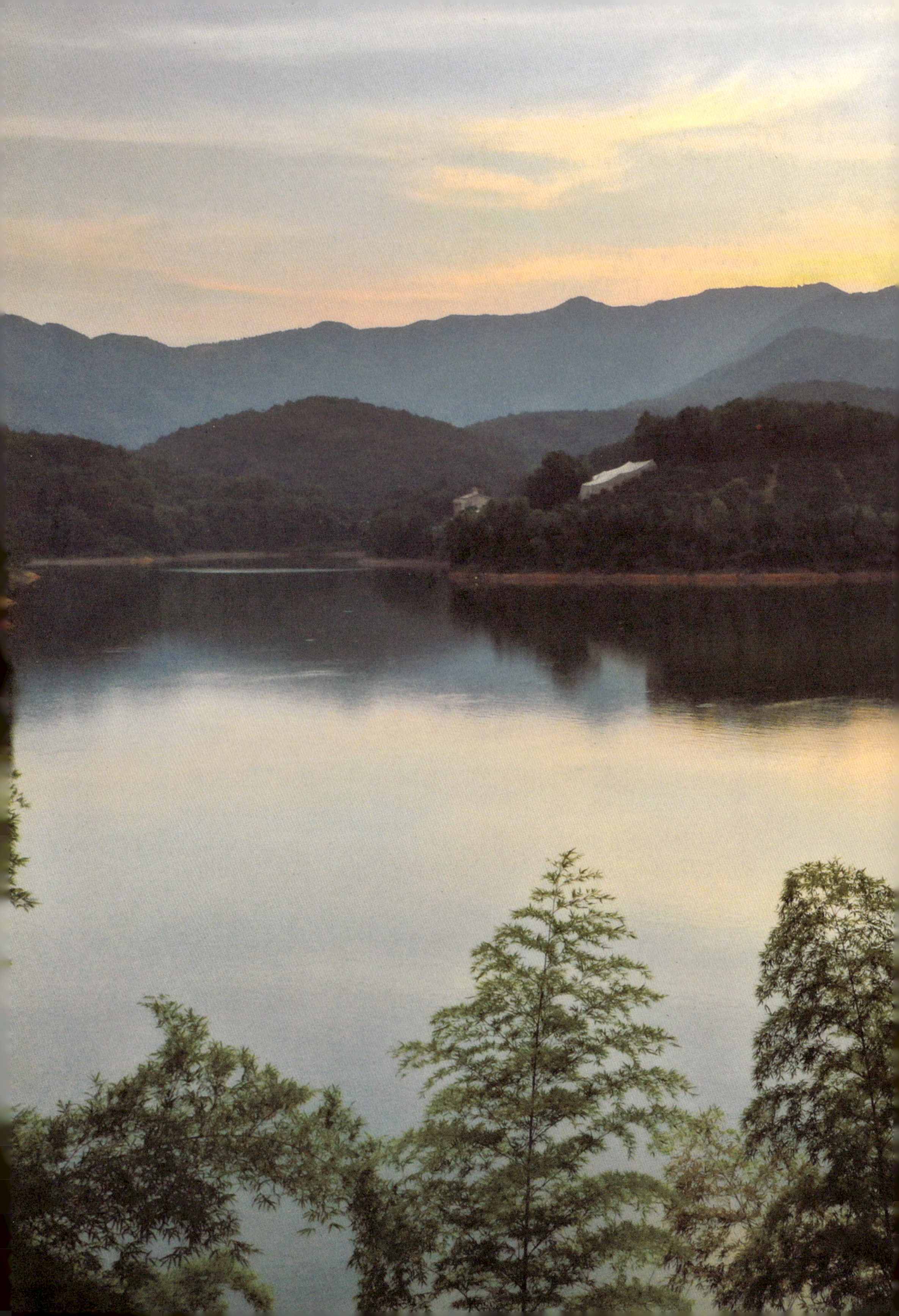

六甲湖码头（李国潮 摄）

一次把异乡当成故乡？他们舍不得六甲圩这200多米街道上百间店铺的繁华，舍不得朝夕相处互帮互助的亲善睦邻，舍不得一砖一瓦垒就的屋宇，舍不得这日出而作日落而息的四时田园，舍不得屋后山上沉睡着的列祖列宗啊！

所幸，这片土地是客家先祖南下中原开疆拓土的地方，北宋淳化以降，这片土地上就滋养着刚毅顽强豁达明理的精神；这片土地也是红军部队宣传革命发展队伍的地方，一百多年以来，这片土地上就传承着顾全大局、爱家爱国的大义！经当地政府动员宣传，稳妥实施，七个村庄的百姓，在较短时间内向县内外三十几个安置点移民定居，落地生根，繁衍生息。

水库建设工程轰轰烈烈地开展着。彼时，科技尚不够发达，开凿、搬运、拌水泥、砌石头、伐木……大多靠人力，靠肩挑手扛。但即便如此艰难，水库的建设，依然如火如荼，依然日新月异。

主坝建成。副坝建成。干渠建成。水库投入使用。40年以来，人工湖灌溉区域越来越广。发电站装机容量越来越大。水产养殖大获丰收。山林经济作物不断发展壮大。有了水库的滋养，今天的武东镇区，森林覆盖率达81.2%。

而今，以六甲湖偌大的水域为依赖，当地百姓大力发展养殖种植业，唱好"山水经"。青山碧水蓝天，游艇画舫轻舟。淡水鱼肥大鲜美。早熟的蜜橘芳香诱人。黑老虎、黄金果、青脆李轮番登场，白兔、肉牛、黑山羊土色土味。

喜讯频传，山乡巨变。好一个六甲湖，它是当地百姓的七彩泉、智慧泉、幸福泉啊！

大地山川，如此秀美妩媚！

库区边上星散着几个村庄，远远望去，白墙黑瓦，碧树亭台。导游说带我们去其中一个村庄看看。这一看，无限倾心。

村庄里没有什么闲人。从村部迎出的温副主任说，大家伙上学的上学，出门的出门，还有一些人都在这无边的烟叶田里，在花香浓郁的果园中，或碧绿整齐的玉米地里，各自忙着自己的营生呢！果然是"昼出耘田夜绩麻，村庄儿女各当家"啊，勤劳致富的秉性，是永远扎根在大地上的。

村部门外，场埕开阔，花树参差，一大片金黄的鸢尾花，开在灿烂的阳光下。清清的小溪之上，一道廊桥，一架风车，让岁月的脚，突然间缓慢轻盈起来。

旧时书院变成了村庄文史馆，门楣上一副对联"六甲诗书盈翰苑，百家典籍蔚儒风"氤氲着古雅的书香。登门入室，匆匆浏览，不由为此地人才辈出人文厚重而惊叹。

文史馆门前，静静蹲着两个石柱础，下部六角形，上部圆形，斑斑驳驳，纹路依稀。窗下靠着两块残碑，也是斑斑驳驳，文字漫灭。眼前的村庄，似乎变得深邃古雅起来。

一条水泥村路与文史馆擦肩而过，串起几十栋农家小屋，白的墙，红的黑的屋顶，皆朴素整洁。温副主任介绍，这条街，延续了旧时六甲圩的传统，每月均有数天，人们带着当地土产汇聚此处，做买卖，叙乡情，其乐融融，悄然推动着当地经济的发展。街边墙上的涂鸦和文字，安抚了我们的好奇。站在"旧时光网红街"的徽标下，或倚着"你好，旧时光"的骑自行车女孩浮雕，我们用手机记录下这雅致的情景，"甜蜜蜜，你笑得多甜蜜"的怀旧情愫油然而生。

日上中天,我们告别六甲湖,回武东镇政府用午餐。简单的工作餐,有山林里的草香熏染过的农家土鸭汤,绿色的米粄是苎麻嫩叶加舂米做成的。新奇的美食,凝聚着客家人的洒脱与智慧。

六甲湖,这梁野山东麓的明珠,出于人手,又反馈于人、滋养于人。

此地民众,仰赖于湖,千秋万代,当鼎盛如斯——这是我在春天里,给六甲湖的美好祝愿。

观景松花寨

□ 钟卫军

　　站在寨上高处，可以极目远眺，本地的群山与相邻的粤赣群山汇聚在一起。群山连绵，孕育无限翠色；云朵奔驰，上青天，遨游四极。巍然突出的山峰，是武平县第二高峰——出米峹，盛产传说的山峰。山上风车排列，挥动巨大的叶轮，长袖善舞，吸纳天地的风力，转化为心中的光明和动力，并沿线路输送至四面八方。山下是村庄和绕着山峰兜转的中山河，坐落着指纹一样的茶山，正巧妙地组成动与静和谐共生的世外生存的图景。河流两岸茂密的翠竹，像是美女的睫毛，流淌着旖旎的光波，静静地注入我们心灵的深处，怦然心动。

　　沿山上道路行走，清风徐徐，芳草的气息扑鼻而来，令人身心俱轻，疲累顿消。置身于山林之中，神清气爽。拐弯处一条道路引向松花古寨的遗址。旧日断壁残垣已不可复见，被修葺一新，难寻旧迹，令人怅惘，但故事如山下的河流，长久地流传，仿佛历史湮没在崭新的现实。访古是一段历史的情缘，想见啸聚山林、截断江流的草莽英雄之气，为生存挥动干戈、劫富济贫的豪壮之举，更是为现今的注脚，过往都指向了今天，今天指向了明天。旧叶落下，新叶葳蕤。

山腰处一座观景楼阁——中山河观景台，藏在深山，依坡上平处、视野较为开阔的所在搭建的小巧楼阁，可以攀缘而上。楼梯狭小，直上直下，仅容一个人上下，仿佛唯有如此，才感觉到"独享"而拥有此间山景的圆满意境。上去后便步入阁中茶座，可容三五人烹茶而饮。楼阁立在山腰的制高点，犹如烽火台或瞭望台，万里风烟尽在阁中。如能携三两好友，阁上品茗听鸟，弹松风之琴，赋诗长啸，定能心旷神怡。月夜下，清辉洒满山谷，茶畦上雾气弥漫，似有采茶女隐现其中。群山岑寂，蝉声渐息，清凉之气便涌遍全身，如同明月凌峰而上浩渺天宇。

也许这些只是平常，平常如一片茶的叶子。茶树吸风饮露，沐浴早晚霞辉，披云雾之气，含碧翠之光，展新生娇颜，在采茶歌中，被纤手所擒，放入背篓之中，于是开始了蜕变成茶之旅。晾、吹、拣、烘，经特别秘制方法，因此变为酥香的茶叶，一粒粒卷藏季节的风云，在沸水中绽开曼妙的身姿。氤氲中，香气扑鼻，沁入心脾，还没啜饮便觉浑身通泰，恍如云仙。端茶品尝，又觉得甘之如饴，回味良久。清、甘、滑、鲜，润入肺腑，潜心静气，直呼山林之气充盈四肢百骸，神清气爽，饮之数杯，俨然如醉，全都是山中滋味，醇厚而清出。指着山主，"再来，再来"，仿佛怪罪主人怠慢。我曾新尝初绽茶芽，酥嫩之中含着苦辛，大概山主善于清除茶叶中苦涩的味道，妙手巧思把它变为心中向往的绿之佳境。

茶自然是山中的珍品，不染纤尘，品之出俗。而路上见到的，除了山光水色之外，也能看见深藏于岁月之中的我们曾经经历的生活场景。在檐廊之下，你可以手抓推磨木柄，体验乳白的豆汁在你倾心推动下流出磨中的凹槽，那是一种熟悉的新奇，是对一种平静生活的回忆。早已远去的生活，再次带来愉悦的感觉。男耕女织，早出晚归，自种自制，或饮豆浆，或吸豆花。豆花上洒下的葱绿，便觉是人间美味。鸡鸣三省，村庄醒来，欸乃一声，荷锄之人正在草露之中，翻出泥土中盎然的春意。

再往时光的深处前行，穿过松林，经过"网红打卡点"，儿童乐园，农家体验和观景楼阁，你将会看见蓊蓊郁郁的草园——百草药园。此间山主非比凡主，曾是国际大都市医学院的高才生，因机缘回家和兄弟重整松花寨，历经十余载艰难创业，才有现在的规模，是科普研学劳动实践自然教育基地、全国基层农技推广农业科技示范基地、福建省高素质农民实训基地，是福建省星创天地、龙岩市农业产业化龙头企业等等。发展顺势而上，规模日渐扩大，项目日益丰富。如今又有大创意，此地山主——危总想用所学知识让这里的花草获得独特的光环——拨开草的平凡，揭开神秘的面纱。山上草木繁茂，种类繁多，其中不乏中草药，虽然多是常见品种，但是绝少有人知道它们的用处。例如半枫荷，祛风除湿、活血化瘀；桃金娘，养血止血、涩肠固经；土茯苓，清热解毒、消肿止痛；栀子，泻火除烦、清热利湿；鱼腥草，清热去火、杀菌健体；垂盆草，清热利湿、解毒等等，皆为山上常见植物，不仅名字好听，惊叹造物的命名，更有不凡功效，强身健体。虽为凡物，实为不凡，可赏可用，实为天赐良物。它们有些未必成为案上观赏的景致，但在野外，各显风情。所含的特性药效知识却能因百草药园的开辟被人们重新认知、发现，使人们为它们的奇异之性所吸引，并产生兴趣和使用的念想，含有植物药物启蒙的效果。今人寻医看病，多是找西医；虽然对中医也是倾慕，但因各种原因中医并没有如西医盛行，这是损失，文化的缺失，传承的缺失。中医博大精深，蕴含生克之道、阴阳之理、血气之识，如非深深钟情于山川草木者，不能如此恢复其本性之名。山主想要开辟百草药园传之深远的愿望，实在让人为之钦慕，实有中医之兴，我亦有责之担当。令游人和研学者再次看见它们，重新认识它们，唤起心中的文化期许，耳濡目染，或者可以将中药或传统文化传承，尽管可能收效甚微，但年深月久，或许其间便有杰出者出现，也未可知。凡常草木之奇异，非凡常所能看见，凡物皆有妙用，非居奇者有之。大概草木风靡之日，就是文化兴旺之时。于是对山主大加赞赏，欣向往之。

　　世间之景，莫不如是。只有心中有景，才能发现人间之美之奇景。奇景所在，必有非凡之意。非凡之意，必将远传。我看松花寨上，松花秉烛直指，长天无极，巍然而深远。凡俗之景，不能和人道，然心中的思虑，是长久积蓄的情愫，就能使凡俗之景、凡俗之物变身为新奇之景、奇异之物，并长存温暖人心。

　　外景不足贵，他心中的景，吾拭目以待。

第三辑

客邑风情

一佛一仙结缘在狮岩

□ 唐 颐

据说八闽大地诞生的大佛与女神数量之多，名列神州之首。然而一位大佛与一位女神都诞生于一座山头，应该也可位居八闽之首。这座山头名"狮岩"，一佛一仙乃是定光古佛与何仙姑也。

癸卯闽西四月天，万木葱茏，鲜花遍野，风和日丽，满目风光。我有机会走进狮岩，拜谒大佛与女神，幸得景区管理人员钟老师陪同与解读，让我深深领悟，这一方风水宝地，果然名不虚传。

武平县岩前镇，有一座岩山，高不过五六十米，坐落在一块平原之中，形如卧狮，昂首长啸，威风凛凛，故名"狮岩"。想来是先有狮岩，后才诞生岩前镇。狮岩山为石灰岩地貌，其间溶洞通幽，石柱笔立，钟乳垂悬，如入仙府，而"狮盆大口"处，正是均庆寺定光古佛的佛龛。

穿越溶洞，从后山拾级而上登顶。极目远眺，闽粤边界，山水相连，青绿难分，厂房整齐，园区气派；俯瞰近前，田园平旷，屋舍俨然，阡陌纵横，生机盎然。钟老师有些遗憾地说："这里原先可以看到前方有一个天然泉水湖，名叫'蛟湖'，清澈如镜。'蛟潭涌月'是岩前有名的夜景。可惜现在新屋越建越多，被挡住了视线。"我笑曰："屋舍多，人气旺，民众安居乐业，定光古佛不看蛟湖也高兴。"

定光古佛确有其人，他的一生诠释了"从人到神"这个有哲学意义的命题。据林国平（《文化台湾》主编）等专家学者考证，定光古佛原名郑自严，同安县人（父任同安令），生于后唐同光二年（934年），卒于北宋大中祥符八年（1015年），享年82岁。他11岁出家，17岁后足迹遍及闽、浙、赣、粤等地。31岁来岩前募化，看见何大郎的开基地狮岩（又名"南安岩"）石洞，四周山清水秀，洞内鬼斧神工，是做道场的理想之地，于是求助于何大郎。何大郎有心允诺，但子孙不同意，特别是他修道的女儿何仙姑坚决反对。郑自严不气馁，用自己的诚意与能力，不久就成为何大郎的忘年之交。何大郎终于说服自己儿孙，捐赠出所有家产物业给郑自严。郑自严从此在狮岩设道场数十年，一心弘法利生，名气渐大，终被百姓视为一方保护神。

郑自严和尚在世时，民间就流传着他许多神通广大的故事。一是除蛟龙伏虎害，岩前镇自古至今就有一个村名"伏虎村"，相传该村有耕牛被老虎伤害，郑自严闻讯后，直奔伤牛现场，立一块木牌，写上偈语，次日猛虎就死于路中。二是疏通航道，寻找泉水。三是祈雨求阳，确保丰年。四是为民请命，神通广大。相传李纲在沙县遇到一个老和尚，两人相聊甚欢。老和尚写一偈语送李纲，偈语曰："青著立，米去皮，那时节，再光辉。"起初李纲不明偈义，到了靖康元年（1126年），金兵包围开封府，李纲应诏入朝，出任尚书右丞，翌年任宰相，偈语预言（青著立寓靖，米去皮寓康）得以验证，才知道老和尚是定光佛化身。而今狮岩洞壁上还留存李纲题刻："灵洞水清仙可仿，南安木古佛洞居。"

郑自严和尚在世时就受到民众爱戴，被亲切地称为"和尚翁"。他圆寂后，很快被民众奉为神灵，尊称"圣翁"。宋真宗封狮岩为"均庆院"，使之成为闽西历史上第一座朝廷赐名的寺院。北宋绍圣四年（1097年），郑自严被朝廷敕封为"定光"。

明清以来，定光古佛影响进一步扩大，特别是闽西、粤东北、赣南的客家地区，把定光古佛视为客家人的保护神，寺院遍

海峡两岸交流基地定光佛园区（李国潮 摄）

达数百座。有的寺院名气之大甚于均庆寺，如创建晚于均庆寺47年的汀州府定光院（20世纪70年代初长汀县为兴建电影院而将其拆除）。据专家考证，当年因位置中心，又受到汀州府最高决策者重视和推广，使之成为定光古佛信仰辐射周边的中心。又如清流县灵台山定光大佛，是21世纪初兴建的全国最大的定光大佛铜像，高达45.9米。再如沙县淘金山的定光卧佛石像，由天然巨石雕刻而成，长38米、宽10米、高11米，号称"华夏第一卧佛"。

明清朝代，福建闽西民众迁移至台湾，把定光古佛香火带入台湾建寺供奉。发展至今，台湾供奉定光古佛的寺院有数百座，他们皆认定岩前均庆院为祖庙。

何仙姑也是从人变成神的。"八仙过海"的神话故事在中国家喻户晓，我小时候就知道八仙里有唯一的女神仙何仙姑，尚不知晓定光古佛。此番拜谒狮岩才知道，这里真正是何仙姑最初的山头。在狮岩的"腰身"上，矗着两尊汉白玉石雕：何大郎坐像居中，一袭士绅衣装。有趣的是，何老先生架着二郎腿，一副悠然自得状。旁有仿制的龙头牌，上书"唐赐进士敕授文林郎任宁化县事檀越主何太郎禄位"。右侧是何仙姑双手捧着果盘的立像，真是仙风道骨，飘飘欲仙。

据《何氏族谱》记载，何大郎曾任宁化知县，定居在宁化石壁村，后唐天成元年（926年）迁居狮岩（又名"南安岩"），后晋天福二年（937年）生女何仙姑。何仙姑自幼喜清静，不饮酒，不食荤，隐遁狮岩，专心修道。自从郑自严看上狮岩，何大郎有心助其之时，何仙姑起初不答应，说：我生于此，长于此，岂能舍岩他住？有一天，何仙姑外出，郑自严乘机入岩趺坐。何仙姑归来，见大蟒、猛虎盘伏在郑自严周围，十分驯服，便将状告父，同意将狮岩捐献给郑自严修建寺院。

何大郎父女谦让狮岩与郑自严的故事，让我赞叹不已，颇多联想。道教发源于中国本土，起源于春秋战国时期的尊崇黄帝和老子的黄老道教，如西汉前期因推崇无为而治的黄老之学，造就了"文景之治"的盛事。而佛教最初是"舶来品"，洛阳白马寺被确认为中国第一座佛教寺院，被国内佛教弟子尊为佛教祖庭以及释教发源地。白马寺始建于东汉汉明帝时期，距今近2000年历史。所以道教源远流长，早于佛教。中国历史上，道佛之争情况固然不少，但两者和谐共存是主流。君不见，现今神州大地不少寺院，释道共存，甚至儒释道共存现象皆可看到。这就是中国传统文化有容乃大的可贵之处。

何仙姑的可贵之处，是信服了郑自严的能力在自己之上，毅然让出了山头，于是就留下了一佛一仙结缘在狮岩的千古美谈。

改革开放以来，均庆院逐渐成为海峡两岸定光佛文化交流的重要基地，这里每年都举办定光古佛文化节，海峡两岸同胞相聚一堂，祭拜定光古佛祖庙，研讨定光古佛文化，品尝客家美食，游览闽西风景名胜，同时也推动了两岸科教、农业、经贸等方面的交流合作。2017年，均庆寺被确定为"海峡两岸交流基地"，钟老师就在基地办公室上班，他送我一本社会科学文献出版社2014年出版的《千年定光古佛》，我十分高兴，迫不及待翻阅，读到福建省政府原副省长汪毅夫的学术论文《定光古佛与伏虎禅师》，受益匪浅。

狮岩的一佛一仙已成为武平文化的重要元素，经常显现在风景名胜之间。次日,我们到梁野山下仙女湖游览。沿着环湖栈道行走,犹如走入如诗如画、如梦如幻的意境。湖畔有一面石墙,左右各镌刻着何仙姑与定光古佛画像,中间镌刻《仙女湖记》:

仙女者,南岩何大郎之女也。诞于后晋丁酉之岁,年一百五十而登仙,世称何仙姑。宋有自严法师募化,欲造兰若;尽出田舍,与之,得宁洋。法师遂卓锡南岩,得道而成定光古佛。自是仙佛常驻武邑,保境安民。

仙姑怜梁野之秀奇,每潜修其间……

此时脑海突然想到著名诗人臧克家的诗句:

有的人活着 他已经死了;
有的人死了 他还活着。
……
他活着为了多数人更好地活着的人,
群众把他抬举得很高,很高。

百家大院探胜

□ 蔡天初

"在中山镇的风物,的确有一种迷人的力量。在我眼里一切都显示出一种梦境般的闲美:那古民居夹道的古街,那汉剧,那军家话,那十八子糕,那漫山层叠的茶园,那明镜似的溪水,还有那云雾缭绕,山迹若隐若现,诉说着千年的往事。踏上这块土地,历史的脉络清晰如缕,文化的沉香扑面而来。令我惊喜的是,2022年启动的百家大院项目,把中山推向一个极致,一个料想不到的极致。"癸卯初夏,走近武平,我写下这段文字。

那天,我拿着打印好的攻略,按图索骥,找到武平历史上三座城:县城、岩前城和武所城。武所城即是中山,这里地处闽粤赣三省边界,素有"全汀门户"之称,明朝时期先后筑有老城、新城和片月城"三城二廓",简称"武所"。

其实,从唐代闽西始置汀州到北宋武平开县之初,中山一直是镇、场、县的治所。武平县治迁平川(今武平县城)后,明初还在中山设千户所,迁来36姓将军及其部属后裔留在武所,成为百姓镇群族聚居的一大来源。其中心区域的新城、老城、城中三个村庄，户不盈千，人不逾万，方圆不到1平方千米的土地上聚居着108个姓氏人家，并自清朝以来一直延续至今。如今，中山镇共有102姓，在老城百家姓公园竖有一块"百姓镇"的石碑，公园内放置着100多块巨石，每块石头上都刻着一个姓氏，形成了百家姓文化。可以说,中山镇依托"中国历史文化名镇""客家百姓镇"独特的文化内涵，促进文旅融合，启动百家大院项目，誉称"百家大院"名副其实。

陪同我参观的中山镇党委书记赖东武告诉我："中山镇按照全镇规划一张图、基础设施一张网、产业布局一盘棋的要求，有利古镇改造提升和保护开发，在原化肥厂旧址及周边建设百家大院，同时对原化肥厂礼堂和多栋房屋进行整治修缮改造，形成集食、宿、游、养、研等产业一体化的江南风情古建群，打造成武平文旅产业融合发展示范区。"

的确，不期而遇的百家大院就这样展现在我面前。项目占地约1100亩，计划总投资30亿元，一期项目迁建安装103栋明清时期古建筑，目前在建的首批22栋古建筑，已全部封顶，正在进行二次装修，将陆续投入使用。

古朴典雅的建筑、雄伟气派的建筑、清新明快的建筑，浑然一体，仿佛是摊放在桌案上的建筑模型，就像一张张记录岁月变迁的照片，透着豪华和富贵，丰富得让人惊讶，厚重得让人诧异，让人眼花缭乱，不敢信以为真。一下子便把这一切举到我眼前的时候，不知是环境，还是心境，古建筑群带来的历史压抑感，在这里显得不那么沉重，反而多了些童话般的色彩。

我们首站来到16号建筑。整个建筑是青砖灰瓦的徽派风格，该建筑为二层、三进二井砖木结构，屋顶硬山顶样式，两侧马头墙，由门廊、前厅、前天井、堂楼、后厅、后天井组成。接待我的百家大院文创组邱远英说："这栋建筑最醒目的是它的门楼，6个飞檐翘角像飞鸟舒展的翅膀，让整个建筑看起来非常宏伟大气。门楼上精美的雕刻也反映出房屋主人对居所的重视，一方面反映了主人的治家理念和理想抱负，另一方面也反映了主人的职业职级。古时等级不同的官员建的房子是严格按照规定制度建设，官员和商人的也不一样，商人再有钱也不能做成官宅。王公百官和庶民宅第建筑有着严格的等级界限。"据介绍，这栋房子原先是进士第，主人至少在六品以上。这栋房子最引人注目的是在横梁的下方雕刻有双龙戏珠图样。这龙的图样，一般官员不可轻易使用。看得出，现在一楼设置会客和展厅，二楼用于民宿，均铺设地暖，古色古香的木结构建筑与现代先进功能设施相结合，致力于为住客带来舒适别致的体验。

　　这里还应该提到的是，寻证"16号建筑"姓氏的冠名，显示百家大院主人的大写意，开启了一页史诗、一种古老的记忆、一道思想的大门，冒出许多超常的感觉。

　　根据该建筑所承载的文化，印证到其姓氏为张姓，主要根据是民间有"天下张姓出清河"的说法。张姓始祖张挥是武器弓箭的发明者，武器是军事文化的重要内容，张挥得姓于弓长这一官职，赐姓于濮阳，封地清河。故张姓的总堂号为"清河堂"，分堂号有"百忍堂""孝友堂"等，历史名人主要有张仲景、张飞、张九龄等。也由于"岭南第一人"张九龄喜爱兰花，庭院以

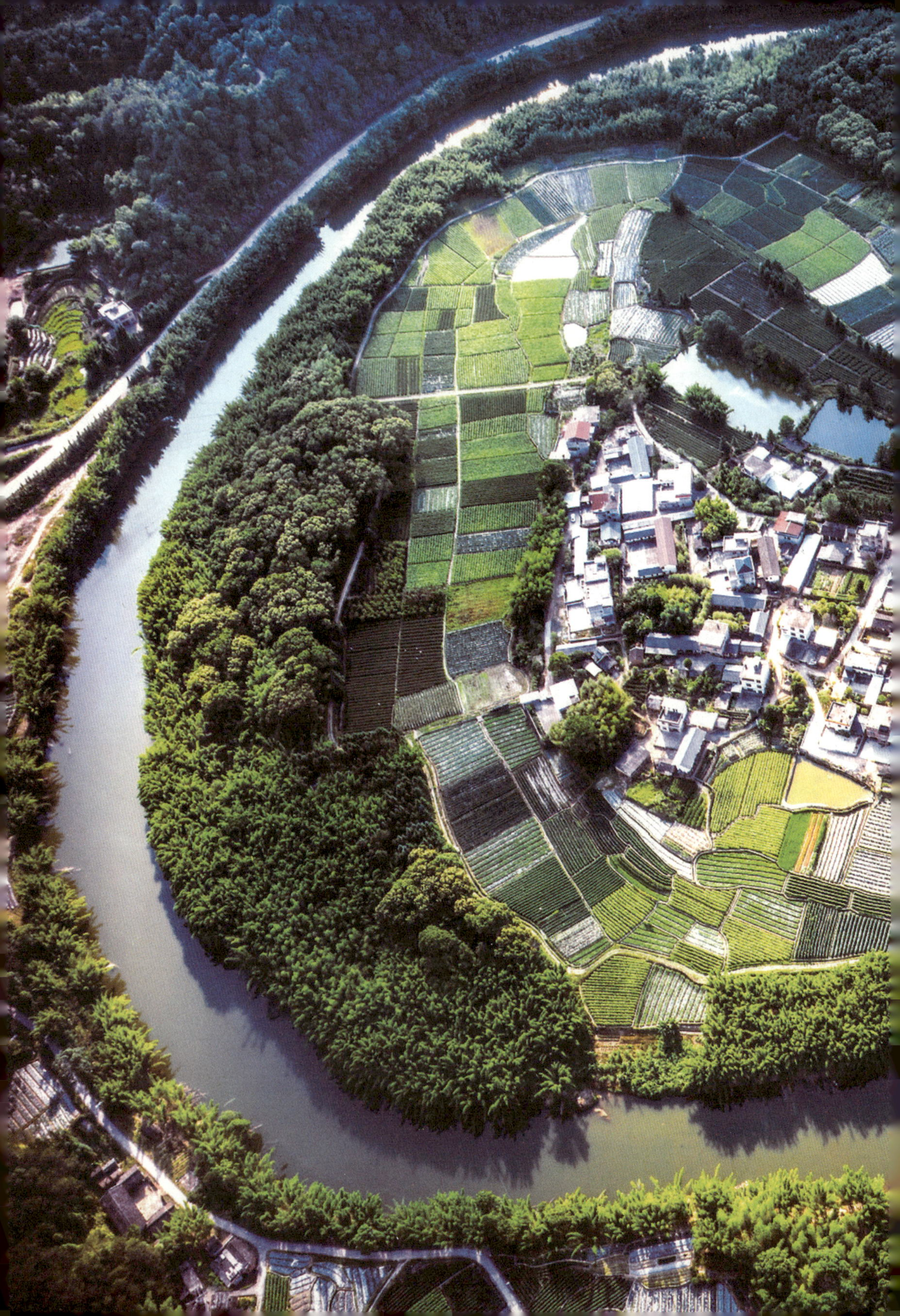

十里竹林·弯弯水路（李国朝 摄）

兰花装饰；而著名医学家张仲景是"医圣"，所以也在庭院中植入"医圣"文化，种植可入药的植物花卉。在古建筑中，木雕是最为精美的一部分，主人常常将自己的理想抱负和治家理念寄托在居处的雕刻上，从房屋的雕刻大致可以探寻到古人的思想。在它们身上，我们能够感知文化内涵，感知古人对于居处的用心。这栋房屋，各脊上木雕人物塑像及门窗、梁枋雕刻精美，形态逼真。这栋房屋还雕刻有寓意九世同居、世世荣华的九狮戏球，寓意高雅情操琴棋书画，寓意丰富学识的唐代五言诗，还有象征生活安适、百业兴旺的渔樵耕读，体现了主人既有入仕为官的抱负，又能适应田园牧歌般的淡泊生活。还有二十四孝图、暗八仙、戏曲故事等吉祥纹样，均代表了主人对美好生活的向往。

19号建筑冠名何家院子。从外部观察，高垣垛堞，灰壁黛瓦，房前流水潺潺，整个大院犹如一座小城堡，威严凛厉，正襟危坐。建筑同样是徽派风格，由门廊、堂楼组成，屋顶为硬山顶样式，两侧封火山墙，内庭院为二层三进二井砖木结构，面宽约16米，进深约26米。现在一楼装修为展厅，二楼设计用于民宿。

我驻足其间，这感觉是实实在在的，19号建筑的雕刻装饰、石刻门墩、纹样门环、木雕门罩，从柱础到雀替，从瓦当到鸱吻，从照壁到烟囱，从马头到山花，无处不雕琢，无处不刻画，平添了几分神秘。其主人应该是一名富商。我知道，在古代，许多商人衣锦还乡后会在家乡建造房子，彰显自己的富贵，但由于等级制度的限制，门楼不能太过华丽，不然会有僭越的嫌疑，这些富商会请名工巧匠对房屋进行雕刻，雕刻约丰富越能彰显自己的与众不同。这座19号建筑的雕刻大多为常见的花鸟虫鱼以及寓意吉祥的八仙人物等，并在雕刻上描金，整个房子显得富丽堂皇，从中可以看出主人的财力雄厚。

我国的雕刻艺术有着非常悠久的历史，这些精湛的雕刻艺术很早就运用到了宫殿、园林、寺庙的建筑上，为古代建筑群增添了绚丽无比的艺术装饰效果，而这种具有民族特色的雕刻艺术也带进了中国古代民居建筑中，使民居更具感官上的艺术效果，也成了民间尤其是富裕的大户在设计建宅时必要考虑的，用以提高住宅的文化品位，体现道德文化和审美情趣，具有极高的艺术价值。邱远英说："根据全国姓氏排名和本县人口情况，我们将这栋19号建筑房子命名为何家院子。一方面是这座房子的风格和当地的建筑比较相似，另一方面房子属于何家的，实至名归。"

在这里，这些居屋共同的特点是坡屋面均围成一个敞顶式天井空间，雨水及光线通过其到达地面，减少日晒面，使空间凉爽、幽静，雨水代表财富，汇聚四方之财和肥水不流外人田的寓意，称"四水归堂"。天井又像大斗，斗是古时装五谷的工具，人们希望五谷大斗小斗进屋来，让"五福降临"，几何形状大小各不一。在这里，我见到"一码三箭"窗，感觉尤为浓厚，该窗花是由三根横棂条组成一组，共三组分别与直棂条的上中下相交组成图案，棂花的直、横棂条细长，似箭一样，其图案似箭插在箭囊上，显示有取之不尽的、象征力量的武器在此的内涵和底蕴。在这里，院子里砖、石、木刻装饰丰富多彩，通过图案化、文字化、造型化等手段，成为与风俗习惯、审美情趣、民族文化相关的代表物融为一体。

待你走到百家大院中心位置，看到1号楼是百姓的"祈福阁"，三进二院落，中间迁建个大戏台，中央庭院和内圈公用。说是，祈福阁作为中心祭祀的公共大院，迁建安装戏楼但不作为演出场所，其凝聚内力的设计，体现聚族而居，形成合力，意寓"同心同福、福在心中、福由心造"。

牌匾文化展览厅、中国红色票证馆、古玩交易市场、影视拍摄和药膳研究基地，正在同步建设中。

"迁建安装"的古建筑中那些传奇史事、轶文传说，还有安装迁建的故事，毫不吝啬地将她呈献给你，带给我们无穷的遐想。穿行其间，蓦然产生那托付使命时至纯至真的信赖和感动，你只要在建筑群中待上一日半天，穿墙透壁惊鸿一瞥，你就会被这些建筑中非常精炼、非常简朴的美的旋律，深深地震撼，你会忘了自己是谁。

百家大院静静地陪伴着这座千年古镇，历史的百家大院、文化的百家大院、资源的百家大院，魅力的百家大院，是中山镇的地理和社会环境的产物，仔细品味，却是自然所在、历史所在、文明所在。

在四月天，遇见千年古镇

□ 苏 静

中山，千年古镇也。

我在人间最美的四月天，初入这座位于闽粤赣边界的千年古镇。中山旧名很多，秦汉之前称"溪源"。公元前195年的南海国时期，南海王织以他的爵位南海武侯的"武"字分封给溪源，改名"武溪源"。"武溪源"，这么富有诗意的地名，会令人联想到陶渊明《桃花源记》里的几句："晋太元中，武陵人捕鱼为业。缘溪行，忘路之远近。忽逢桃花林，夹岸数百步，中无杂树，芳草鲜美，落英缤纷……"可以想象，千年前的南方小镇，远离北方政治中心，人民自给自足，过着世外桃源般的恬静生活。迨至隋朝设里时，称"武溪里"。此后自唐开元二十四年（736年）开始至清代，先后有武平镇、武平场、武平县、武平千户所、武平所（简称"武所"）等名称，1940年为纪念孙中山先生而改名为"中山乡"。自此，以伟人名字命名的中山古镇走进了历史的视线，一直沿用至今。

中山距武平县城不远，仅11千米。驱车从县城去中山，不到20分钟。甫一落脚，一座古塔映入眼帘，随车陪同的中山镇党委宣传委员小朱说："只要看到塔，中山就到了。"车停镇政府大院，走过一段田间乡道，只见一座石砌拱门矗立古镇中央，斑驳的墙体城砖与条石交错，门额"迎恩门"三字清晰可见。

中山自古为兵家必争之地。明初朱元璋称帝后，开始择要害之地设卫所，抵御山匪海寇。1391年，武溪里因扼闽粤赣之咽喉，再次被看中，朝廷在此设立武平千户所；为保境安民，汀州卫指挥黄敏督建了武平所城，俗称"老城"；1506至1540年的30余年间，又在老城南北隅增筑新城和片月城。当年老城建成后，开辟4座城门，东曰"迎恩"，西曰"平定"，南曰"永安"，北曰"常乐"；新城也有4座城门，东曰"朝阳"，西曰"永清（水门）"，南曰"文明"，北曰"通济"；而片月城则建在老城南门外，状如半个月亮，实为一座瓮城。从此武所三城并立，构成闽西南边界极为完备的城防体系。

岁月沧桑，历经600多年的风雨洗礼后，古城墙、城门以及城楼几乎被毁殆尽，仅留下一座迎恩门独立于芒草苍苔间，守护着古城民众。抗倭名将俞大猷曾在迎恩门顶建楼阁读易轩，日居其上，教士人读书击剑，可惜楼阁毁于战火纷飞的年代。"风动鳌头阔，展滨河破浪；云踞鹤顶高，看雁塔题名。"城楼上尚存的一对石柱和石刻联语，就是历史的凭证。

从迎恩门延伸出的古街叫"九曲街"，街宽3米许，两边商铺林立，灯笼高挂，尽可享受"左手买烟、右手买火（柴）"的至高待遇。古街民房在20世纪初被改成骑楼式样，虽无小桥流水的意蕴，但老屋夹道的街巷，依旧散发着古韵幽香，难掩往日风华。行走青石板上，足下踏响的皆是历史的回音，我仿佛看到了商贾云集的旧光景，便是应了那句"一城繁华半城烟，多少世人醉里仙"。挨家挨户门上挂有姓氏楹联，镌刻木板上的文字有的早已褪色，但字里行间都依然彰显当地独特的百姓文化，向外人呈现各姓祖上的无上荣光。今日的中山虽还在蝶变中，没有商业化的浮躁与喧嚣，但那市井长巷、粉墙黛瓦、花朝月夕、烟火食事，万般风情浓缩于这方寸之地，分明就是这座中国历史文化名镇的诗与远方。

中山一马平川，山水环绕。若说水是中山的血液，那么井就是古镇的眼睛。中山自古有"九井十三灯"之说，至今存留许多古井。农妇提桶吊水、淘米洗衣，古老的院落里依然延续着旧时的生活方式。几百年来，这里的许多老城人都曾饮用过井水，井栏石上磨出的一道道索痕，映照出昔日中山人汲水的生活场景。担任讲解员的镇团委书记小林介绍说，以前古镇每逢新人结婚或妇女怀孕，这些有喜事登门的人家都纷纷主动出钱出力疏浚古井，播撒善行的种子。

而在弄巷的转角处总有一盏天灯，暖照夜行者。武德侯王庙（又称"武侯祠"）里至今仍立着一盏石制的天灯，正面刻有"火树金花，天磨玉镜，市剔银灯"字样。这些古井、天灯，无不传递着古镇的人间温暖，这是多么和谐的尘世生存理念呀！前脚刚踏进武侯祠，一位村妇就用客家话招呼我们："来来来，喝茶喝茶！"一杯武平绿茶，着实触动了内心柔软的部分，她就像

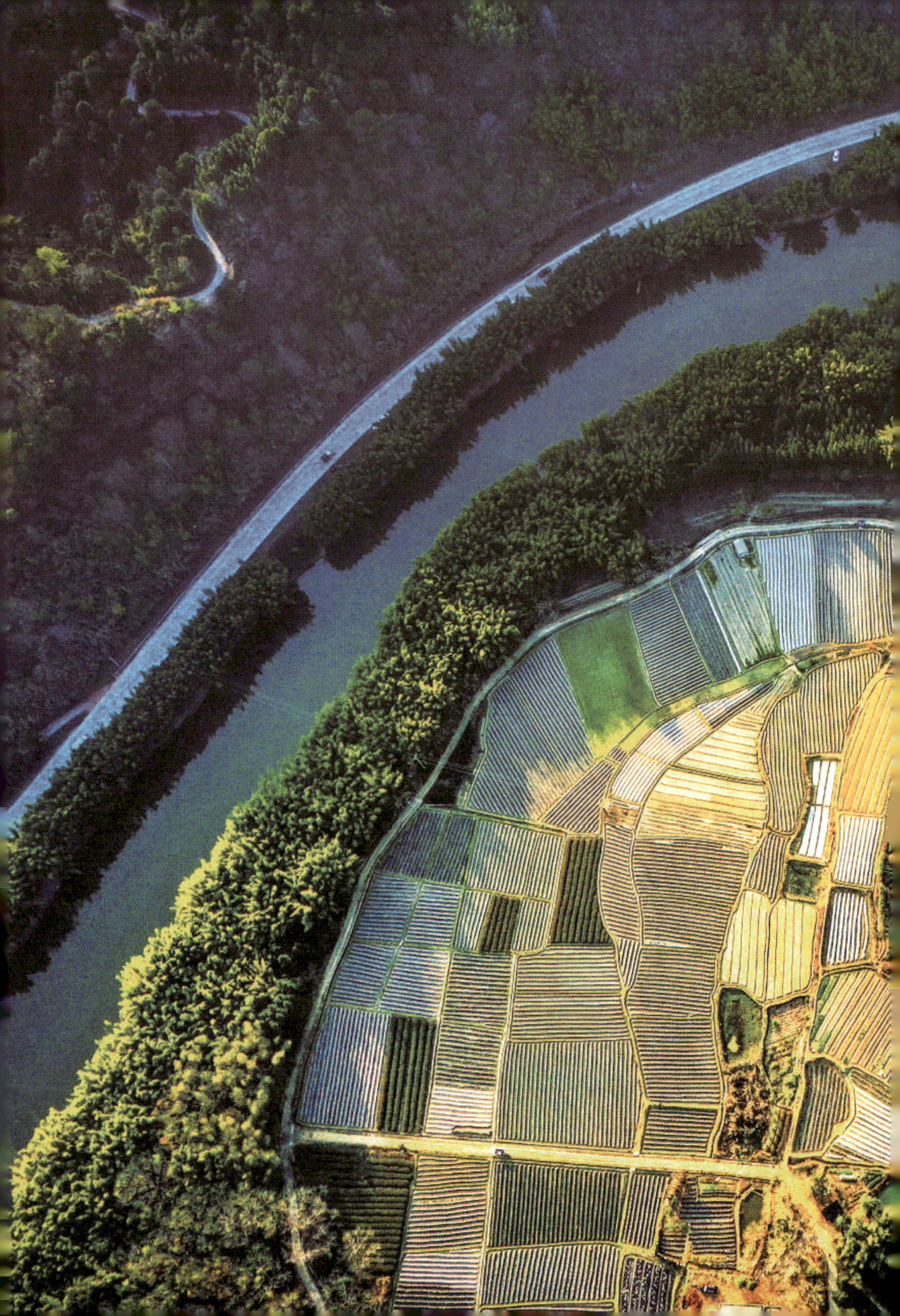

山村调色盘

一位久违的老乡，在人间最美的时光送来一股和煦春风，让我感受到客家人的热情。

伫立中山的一处制高点眺望古镇全貌，可见武龙山挡住北来的风，武溪河穿境而过，滋润着两岸人家。有了水，中山就有了灵气。有水就有桥，走出古街，不远处便是建于武溪河上的永安桥，桥长113米。永安桥初为木桥，原名"通济门桥"，始建于明嘉靖年间。建桥者据说是中山传奇人物舒经，桥因位于武所新城通济门外而得名。桥屡毁屡修，清康熙年间又一次被洪水冲垮，时年乡绅王穆堂捐资重修，依旧是木桥。1828年仲秋，王穆堂后人秉承母命重建，桥全部选用条石铺砌，历时两年落成，改名"永安桥"，以此寄意百姓安居乐业、永久太平。

现存的永安桥7墩8拱，如长虹卧波于武溪河上。线条流畅优美的船型桥墩，与周遭环境融为一体，形成独特的建筑风格。而桥墩石缝间填满了一个乐善好施的感人故事：相传古桥遭洪水损毁的那一年，恰逢武平进士王启图的母亲八十大寿，王夫人乐善好施，听闻通济门桥被洪水冲毁，便嘱子孙做寿不设宴。王启图遵从母命，将其母寿诞贺金悉数捐赠重建。修成后的永安桥，8个桥孔面上都镶嵌一块石匾，其中2匾刻着"永安桥"三字，另外6匾则刻有"母命继志，道光戊子仲秋之吉"等字样。

造桥铺路、建亭修渡，自古以来就是民间积德行善的风行之举。可以想见，当王老夫人将子孙的祝寿礼金捐出重建此桥时，践行的就是"仁爱孝悌"的传统美德。正是这感人的爱乡情怀，佑护此桥190多年平安无事，也许这就是改名"永安"的初衷吧。如今，永安桥正以静默守本的古老身姿，注视着每一位匆匆过客。

　　走过古桥，我们最后一站就是去朝拜进入古镇时最早映入眼帘的相公塔。塔初名"武峰"，建于1551年，为七层八角楼式砖塔。每年重阳佳节，古代读书人便相约塔下登高望远、吟诗作对，只因位于新城朝阳门外的相公寨上，又沾染了书生的文气，便有了"相公塔"的雅名。据说中山古塔曾多达7座，是谓"七鞭打虎"。相传武平县城山势如虎，为制服下山之虎，武所中山遂建武峰、文峰等七塔，就像7条鞭子抽打猛虎。不过我猜想，也许这是古人为了阻止猛虎南侵而建的"镇虎塔"。

　　仰望古塔，古朴中透着一些坚毅。不远处的武溪河蜿蜒流过，塔影映水，如诗如画，"塔影晨晖"自古名列"中山八景"之首。伫立武峰塔下，再看眼前的中山古镇，山水相依，那古街、古桥、古塔与古镇的人融合共生，宛如一幅水墨丹青，令人赏心悦目。

　　来中山古镇旅游吧，且不说相公塔高耸云表，也不说永安桥下溪流蜿蜒，更不说迎恩门的剑影刀光，武侯祠的不眠宫灯，就说说中山古镇惬意的十二时辰：

　　卯时正破晓，可去百姓众祠看日出，或去相公塔看云雾缭绕，如临仙界，可让你忘记尘世喧嚣，当一回神仙；辰时即食时，正是品尝美食之际，中山酿豆腐、簸箕粄、十八子糕等特色小吃久负盛名；巳时正隅中，上午9时，古镇人开始一天的工作生活，可选择漫步在中山的大街小巷，感受古街浓郁的烟火气；午时恰日中，可去流连"荷塘月色"，也可去聆听奇石谷的流水，荡涤你的灵魂；未时至日仄，可去百家大院感受姓氏文化的独特魅力，或去迎恩门坐坐，甚至发呆，感受古镇厚重的历史文化底蕴；申时即哺时，此刻的中山人便会约上三五好友品茶闲聊，畅叙旧时光；酉时正日入，夕阳西下，醉人的晚霞悄然映红古镇的天空，可去武溪河畔悠然散步，享受静时光；戌时已黄昏，万家灯火初上，可去相公塔看古塔与晚霞交映；亥时即入定，去永安桥望星空，此刻银河一览无余；子时正夜半，度过良辰美景好时光，回家酣睡，做个好梦；丑时即鸡鸣，凌晨1时后，整座古镇静谧而祥和；寅时即平旦，远处的天空渐渐泛白，仿佛一切又回到了原点。

但时光的转轴永远不会停歇，中山，这座千年古镇又将迎来崭新的十二时辰……

以姓氏名义唤醒民族记忆

□ 卢一心

"一脚踏三省,三省一日还。"乍一听,什么样的人敢说出这样的大话?什么样的地方如此神奇?没有到过武平,不敢夸下这海口。到过武平,你会被这块神奇的土地所吸引。武平地处武夷山南西端,属闽西南上古生代覆盖层,南与广东省梅州市蕉岭县、平远县相邻,西与江西省赣州市寻乌县、会昌县接壤,地理位置特殊。武平还是原中央苏区县,开国上将刘亚楼就是武平人。

我是第一次来到武平,在此之前,想象中的武平是既偏僻又落后的山区。走近武平,颇感意外,我发现武平简直堪称"世外桃源",四周风景美不胜收,尤其是县城人口不多,规模却不小,又很雅致,有一定文化品位。第二天一早,我马不停蹄地来到"百姓镇",想尽快揭开其神秘面纱。"百姓镇"行政名称叫"中山镇",是个千年古镇,而且是中国历史文化名镇,素有"小京城"之称。明洪武时期,中山镇是武平县的场治、县治所在地，旧称"武平所"，简称"武所"，下辖3个村落，方圆不过5千米，因聚居100多个姓氏，并一直延续至今，因此而得名。

"百姓镇"堪称中华民族独特文化现象而受关注。如今，这一文化地标受到重视，堪称幸事。

从中华姓氏文化来讲，华夏先祖自伏羲氏以来就开始使用，相较于其他文明，堪称独特，这也正是后世之人热衷于追根溯源的原因。其实更早之前，母系氏族社会就有姓了。那时男性没有社会地位，"姓"是由"女"和"生"组成，意即由女性而生，男性只是从属关系。中华姓氏文化始于母系氏族由此也得到了证实。还有一解，"姓"是从居住的村落或所属的部族名称而来，氏是从君主所封的地、所赐的爵位、所任的官职或者死后按照功绩、追加的称号而来。姓氏一说，揭开了古老的华夏民族神秘的面纱。古语有云："参天之木，必有其根。怀山之水，必有其源。"这就是传统文化的魅力所在。

武平"百姓镇"到底从何而来，或如何演化过来？简单梳理一下，大概有以下几种情况：首先跟地理位置有关，所谓"一脚踏三省，三省一日还"，所讲就是这个。由于地处三省交会之处，人员流动性频繁，姓氏杂居的人就多起来。客家人三次南迁，都和武平有关。其次，武平中山镇地理位置夹在闽粤赣狭缝间，且深卧闽粤赣山区内部，何以在此设立千户所，确实是个谜。但其中必有道理。历史证明，自古以来，这个地方就是兵家必争之地，故于明洪武二十四年（1391年）设千户所（简称"武所"）。何为"武所"，就是当时驻军所在地，后为了巩固武所，驻军推行军士屯田政策。按规定，驻军士兵十分之三守城，十分之七垦荒种地。后来，不少军士服役后就地解甲归田，成了当地居民。由于这些军人来自全国各地，姓氏不同，又与南迁客家人杂居在一起，这才形成"百姓镇"。据了解，当地人除了讲客家话，还流行讲一种语言，叫"军家话"。讲这些话的人大都是军籍，平时为了方便交流，将多种语言掺杂在一起，并融入客家话形成独特语言。武平千户所时期曾建有军籍祠，并供有"十八将军"之说，可惜祠堂已毁。"百姓镇"姓氏都有自己的堂号和堂联，譬如李氏堂号为"陇西"，孙氏堂号为"乐安"，危氏有"汝南"和"晋昌"两个堂号，而这些堂号主要是为了寻根溯源、缅怀先祖。堂联又称"族氏联"，不同姓有不同族氏联。譬如朱氏联"汉代名臣第，宋朝理学家"，杨氏联"弘农故郡，清白世等"，还有林氏联"九龙新世第，十德旧家风"等等，内涵隽永，回味无穷。由此可见，"百姓镇"文化底蕴深厚。更耐人寻味的是，随着时代变迁和人口流动，武平"百姓镇"姓氏不但没有减少，反而越来越多。或许，这就是武平这个山旮旯的地方越来越繁荣、越来越文雅的原因之一吧。

当地《闽西日报》原主任记者詹鄞森热情地向我推荐了一个人，说："中山百姓镇就是这个人推出来的，此人叫洪荣昌。找到这个人便可以了解'百姓镇'了。"詹记者马上打电话给洪荣昌，稍候片刻，他就来了。几句话过后，我便心中有底了。心想，洪荣昌真是中山"百姓镇"的文化推手。他是中山镇本地人，因捐资1000多万元建设武平百姓文化公园而一夜成名。然而，据了解，洪荣昌原只是一名普通国家工作人员，钱从哪来呢？他快人快语，毫不避讳，他说："要感谢我的妻子。她虽然是一个文化程度不高的普通工人，却对风险投资有经验，投资股市，涨了就买房。她在紫金矿业原始股不受青睐时，果断出手，解禁后增值超600倍，成为股市空前绝后的黑马。在征得妻女同意后，洪荣昌把部分投资获利回报社会。"如今，行伍出身的洪荣昌被喻为"中国红色收藏第一人"。洪荣昌热衷于红色收藏，送给我他自己编写出版的《红色票证》《红色货币》《红色收藏》等，果然是个红色收藏谜。而我更想知道他的"百姓镇"情结。

　　第二天一大早，洪荣昌就开着他的宝马来接我去参观由他捐建的百家姓文化公园。路上，他滔滔不绝向我讲解有关"百姓镇"的一些历史故事。他说，中山镇位于闽粤赣边界客家地区，全镇人口不逾万，方圆不过5千米，却聚居着102个姓氏人家，最多时达108姓。这一文化奇观，与客家地区以聚族而居为特征的社区文化形成强烈反差，成为全世界绝无仅有的"客家百姓镇"。他还说，"我捐资1000多万元建设武平百姓文化公园，整个工程设计、建筑、陈列等全部由交给镇政府，我没有参与，建成后所有产权也全归镇政府。"说话间，我们已来到由他捐建的地方。果然是一座百姓公园，说是博物馆也行，虽然还没有完善内容，但里面设有仿古大殿百姓祠堂，只见祠堂门口柱联上写着："举目四周，塔桥似画;敬香百祖，恩德铭心"。门联："百姓扬祖德，众祠佑后昆"。足见当地人对百姓祠堂寄予多少情思。此外，公园还设有展示姓氏文化、民俗文化的长廊，还有百家姓活动中心，包括广场、牌楼、百家姓客栈等，占地约10亩。文化公园建在半山腰。山脚下，当地政府正在兴建一座颇具规模的百姓大院，仿古建筑，占地数百亩之多，拟投资数亿人民币，目前已初具规模。看来，武平中山镇真的是下决心要将"百姓镇"进行到底了，这真是一个不错的主意，功在千秋。

以姓氏名义唤醒民族记忆，这是历代国人尽心尽力在做的事。从姓氏中找出民族记忆也是老祖宗留给历代祖孙共同的话题，而其中不仅凝聚着后人对祖先的怀念与感恩，也是对家族乃至国家与民族，自上而下的传承与信仰的努力与尊重，更是国家与民族凝聚力的体现。是的，历史留给后世子孙绝不仅是姓氏一说，还应包括自信与自强。那天，参观完百姓文化公园后，洪荣昌带我到当地文化站小憩了一会。文化站就在公园里，站长姓徐，也是个"百姓通"了，一提起"百姓镇"，他顿时来了兴趣，感觉有很多话要讲，但又欲语还休。我理解他的这种寡言背后的深情，一杯武平绿茶让他的思绪回到祖先的牌位前，于是说不完的百姓里短，夹杂着长长的眷恋与追寻。我从他那朴素敦厚的外表看到深藏于内心的姓氏情怀，姓氏源头就是祖先的叮咛与寄托。

泱泱华夏五千余年的历史，武平"百姓镇"只是中华姓氏文化的一个缩影，但其传承与弘扬是一种国家与民族的自信以及对历史的尊重。中华民族伟大复兴离不开中华姓氏文化，也离不开武平"百姓镇"这张名片，还有所有国人的仰望。

与阳民一起漫步

□ 万小英

"阳民",是一个令人有些回味的名字。有点文化的,一下子会联想到王阳明,明代那个有名的"格竹子"的思想家、军事家。而一般人,大体会觉得亲切,想到邻家老实本分的"阳民哥"。

武平县中山镇阳民村,名字由来据说确实是因为王阳明。他担任巡抚南赣汀韶等处地方提督军务,当年开督南赣,路过于此。曾建平明社亭,已经湮灭寻不着了,留下的痕迹只剩下为纪念他而取的这个村名。可是为什么是"阳民"而非"阳明"呢?

阳民村与中山古城仅一山之隔。中山河(古称"武溪河")流经阳民村的时候,忽然改了性情,多了九曲回肠,一缕幽思。武平作家林文峰在一篇文章中写道:"中山河到达阳民村地界时,好像失去了上游的耿直和磊落,变得特别恬静、婀娜、曲折,就像是情人之间的缠绵眷恋。一个拥抱、又一个拥抱一个亲吻又一个亲吻,不带任何违和感,若存在一些害羞,也被中山河两岸漫长的翠竹林给遮掩了。"长河柔软、曼妙起来，特地拐了几道大弯，像是缠绕阳民的一条飘带，又像是勾住阳民脖颈的缱绻臂弯。

四月的风吹来，油桐花簌落，竹影摇动绿水。中山河"镶"了翡翠之边，两岸的十里翠竹葱郁着、婆娑着。听说竹林与河流的相伴，已经很久很久了，大约从河流来到这里开始，它们就有了一份陪伴的誓约。年年岁岁水相似，岁岁年年竹仍翠，岁月流动又静止。

这般容易引人遐思，难怪阳民最早是被年轻人"发现"的。原先附近有化肥厂，厂子里的少男少女每当节假日，都喜欢来到竹林河畔游玩、约会。渐渐地，阳民的名声就被传开了。林文峰在文章里就描述了他与一位姑娘来这里"钻竹林"的情景，"温纯是河岸的翠竹，柔情是河中的碧水，浪漫是有情人的漫步"，但是他们最终没有牵手，化成作家笔下的一片惘然。

今天这里已经在沿河竹林中辟出了骑行步道，不仅仅是年轻人，任何人都可以用脚步或脚踏车丈量河水的长度，竹林的韧力，可以感受它们相依多年的情意，空气中青翠的味道。

"君心直节更心虚"，水是阳民的灵魂，竹就是阳民的骨骼，水与竹环抱这片土地，滋养它，护住它。

阳民村延绵于河的两岸，比较狭长，甚至有点割裂。宛转最剧之处，围成了一处三面临水、一面背山的村落。山与水的合作，让这里宛如陶潜笔下的世外桃源。走过跨河的石桥，来到这个"半岛小村"杨柳陂自然村，果然"土地平旷，屋舍俨然，有良田、美池、桑竹之属。阡陌交通，鸡犬相闻"。白天村民都出去干活了，村子安静极了。一大群华美的象洞鸡，在一处人家的鸡窝里闲庭信步；一只小猫跑过来，立刻粘上我的裤脚，寸步不离。枇杷在树上闪着黄光，有一些已经掉到地上烂了，陪同我的村干部取来一架梯子，镇干部雪珍姑娘身姿轻盈，爬了上去。她说，这里很多人家门前会种一两棵枇杷树，自己吃，吃不完。我接过刚摘下的一串枇杷，很甜。

往里走，没想到河水环绕的小村，又见一片水，那是一个大池塘，制氧机在塘中，俨然是鱼塘。浮萍新绿，池边还做了栈道与亭子，随意走走，甚是惬意。村中房子大多是水泥房，偶有黑瓦泥墙的老房子，很是引人注意。我们走进一处老屋。

这个院落很大，因为老房子旁还建有新房子，两处建筑相连打通。雪珍姑娘特别指给我看，老屋的红紫石门框，横楣上刻着淡粉色花纹，说这是明清时候客家地区的大户"朱门"。屋主是65岁的洪老伯，老屋是他们家的祖屋。他高兴地拿出珍藏的滇红茶泡给我们喝，告诉我们他的儿子在珠海工作，事业很成功，言语间满是自豪。他与老伴住在村里，平时种种地，种冬瓜、百香果等。与一般的农民不同的是，他闲时会写写毛笔字，真是"左手锄右手笔"呀！当我们提出看看他的毛笔字时，他羞涩地笑着说"下次下次"，然后指着院门："这副对联是我孙子写的，他九岁时写的。"字体用的是古体，我们一时还看不出写的是什么内容，但看得出笔法不俗，真可以值得爷爷这般骄傲，日日伴随故乡老宅。

阳民村没有多少古建筑古文物，或是出过多少名人才杰，我发现其实这也未尝不好，因为这意味着不必有太多的"历史包

美丽的中山河（李国潮 摄）

袄"，可以很单纯地在天地之间徜徉。一条河，一片村，几亩地，几行林，数个人……乡村的原生态滋味，仿佛千百年来，一直就是如此。这样的纯然，让人有一种难得的轻松感。

就像此刻，我登上中山河的船筏。阳民村作为武平县"环千鹭湖"乡村振兴示范片建设重点金花村，正在打造"水上竹漂，岸上骑行，畅游翠竹"的特色乡村生态旅游，河中停了三艘有蓬竹筏。

水上竹漂，从阳民村落中穿过，就像是行进到阳民的心里。

村干部当起了"掌舵人",穿着明黄色救生衣的我,坐于竹筏之上。水纹划开,十里竹影一筏过。我本以为会有很多感触,但其实脑子想不出什么,长河悠悠,与阳民,只有相对两不厌。那一刻,我走进了一幅画里,同时也成为画中一景。

或许是此地安静恬然,才让书生危守志选择这里,心无旁骛地苦读,最终改变命运吧。我想起刚刚前去的岩洞。

阳民村头不远处的峭壁下有很多岩洞,其中龙济岩又称"龙霁岩",树木成荫,石径窈深,谷中种满仙草。武平仙草乃当地特色,用于制作仙草冻。古人认为岩洞像龙口,龙身潜伏山中,岩上又有终年不息的泉水落下,所以"龙岩雨霁"被称为"武平八景"之一。

初入洞口还不觉得有何特别,踏入渐深,耳边忽然传来清脆的叮当声。洞中建了一座新庵,水珠从屋檐滴落,如雨点珠帘。再往上看,岩洞顶上的清泉不停地从洞沿流下,一枝古树悬岩而长,垂于半空。据说雨过天晴时来,可见雾气缭绕,斜日照来,彩虹飞架。历史上有许多官吏名人、文人墨客到此游览作诗。明代汀州府守备西宁诗曰:"雨过峰头争献翠,泉飞檐外乱抛珠。"清代教谕甘晋锡诗曰:"垂线檐头犹献翠,喷珠石上自成琅。"清代太守王廷抡诗曰:"龙岩野色何苍莽,最是雨余堪玩赏。绿树微零滴有声,白虹飞度波犹响。"

景色还是其次,龙济岩曾经住过一位很励志的男子。明代书生危守志家境贫寒,决心在龙济岩苦读,活出个人样来。端午节时,老婆送来粽子,见他专心读书,就将粽子放在桌上,糖放在旁边。当老婆洗衣服回来,发现丈夫满嘴墨汁,原来危守志看书过于投入，没有注意哪是糖盘、哪是墨盘。老婆反而很高兴，笑说丈夫肚子里有"墨水"了。后来他果然中举，竖起了一座"名登天府"的牌坊。朝廷还特赏赐联文"声振江南第，名登天府家"，从此中山危姓人就把它作为姓联相传沿用至今。谁家门上贴有这样的对联，就说明他是危家后人。

离船上码头，我看见一栋栋旧房子正在翻新建设。镇干部介绍，它们原本是废弃的养殖场，将建成为游客中心、水上田园文旅休闲商业、农产品展销中心、田园驿站等。不远处，桂花树、桐树、枇杷树正抽着绿叶，一大片格桑花在几亩方田五颜六色，开得正艳。那是新引进种下的。有人在花丛之中自拍，让人恍惚以为是城市的某个公园。这是村土地，将打造成花海田园，到另一个季节，这里将又会有别的花儿盛情开放。

我有预感，阳民村即将热闹起来，将成为越来越多陌生人手机里的照片和假日的记忆。有一天，我大概会对人说，它热闹之前的模样，我见过！此时，且尽量饱饮阳民的寂静自在。

当年王阳明格物致知，面对竹子想"格"出真知。今天的阳民拥有得天独厚的十里翠竹，采取了另一种"格竹子"方式，那就是想办法从中找到一条振兴乡村之路。忽然，我大体明白了这里是"阳民"而非"阳明"的缘由。这片土地是谦卑的，不会随意直呼圣人之名；这片土地是智慧的，懂得乡村里最重要的是乡民。

来，与阳民一起漫步吧。

黄坊之梦

□ 乔 夫

一

刚到武平的那夜，我做了一个梦，一个很深很深的梦。那梦啊，美得令人垂涎、令人心颤。那是怎样的一种梦境呀？一时我不知自己身在何处，就那么突然之间，进入了一个万花纷呈的世界，十里山河仿佛笼罩在一层薄纱之下。沟沟壑壑，白花万点，把整个目之所及的山川、河流、田野、房舍，都镶进了一幅素丽斑斓的水墨画里。似乎，梦境中我还情不自禁地吟咏出唐朝岑参的两句诗来："忽如一夜春风来，千树万树梨花开。"要不是四月的温热让我发着微汗，还真以为那是一场描绘山河的初雪呢！再细看那画里的庄园、民舍，亭台上、门径旁还有一盆盆造型各异的盆栽，它们绿叶高擎，腰围火红，粒粒圆籽，尽显富贵。

那真是一个美得令人难以描摹的梦境！次日用罢早点，我便急急地寻着那个梦去了，去到那个繁花似锦、令人向往的地方。

二

那个地方叫"黄坊"。古人习惯以姓氏命名村庄,想象得出,那应该是一个由黄姓人氏肇基开宗且以黄姓居多的村庄。于是我想起了史上著名的"峭公遣子"的故事:

信马登程往异方,任寻胜地振纲常。
足离此境非吾境,身在他乡即故乡。
朝暮莫忘亲嘱咐,春秋须荐祖蒸尝。
漫云富贵由天定,三七男儿当自强。

公元951年农历四月二十五日,邵武县禾平里昼锦乡坎头上井村(今邵武市和平镇坎头村上井自然村)的黄家祠堂人声鼎沸,门外18驾马车整装待发。黄家大小数百口齐聚一堂,在这里举行隆重的分家仪式。大堂上,老主人峭山公鹤发童颜,声若洪钟,即席赋诗一首后,果断右手一挥:"出发!"18驾马车满载家眷和行囊,浩浩荡荡,信马登程,奔赴他乡。

峭公出生于公元871年,16岁中秀才,19岁登进士。弱冠之时,他与父捐资兴办义师保境安民,其智勇被陇西郡王李克用赏识推举为千户长,后再勤王有功,官升朝廷工部侍郎。不料瞬时朝廷衰败,朱温弑君灭唐自立为梁。峭公悲痛欲绝,时年35岁愤然解甲归隐,回到故里悉心学医,治病救人,并创办和平书院授业解惑,培养出诸如黄汝济、黄履、黄思伯、黄章、黄中等一大批治国干臣和学问大家。据《禾坪黄氏大成谱》记载：峭公一生娶3妻，育有21个儿子，其时已后裔数百。既然不能平治天下，那就修身齐家！于是，在其80高龄之时，峭公谨允许三房妻室各留长子侍奉昏晨，其余18子一律遣散，并赋诗为训，命儿孙志在四方，自立自强。

还真是心有灵犀，经到村中了解，我得知黄坊的黄氏真是峭公之后。当年峭公遣子，其第十子举家信马由缰到达三明宁化，以地作名，取名"黄化"。化公在宁化又家族繁衍，开枝散叶，后来有一支便迁到了上杭。这武平黄坊的黄姓人家，便是很久以前从上杭的稔田迁居而来的。

三

黄坊有个传说，说是很久以前，有一只癞蛤蟆在黄坊溪修炼成精，祸害百姓。它经常兴风作浪，引来山洪冲垮房屋、冲毁衣田，使得初到这里谋生的黄姓人家，终日生活在恓惶之中。有一年，暴雨连绵，河水暴涨，庄稼和房屋悉数被淹。眼望洪水数日不退，村民无以为生，便纷纷祷告上天垂怜。

过了几天，村里还真来了一个自称徐金蟾的道士。他说黄坊溪发洪水，是因溪里出了一条凶恶的青龙，如果不想洪水泛滥，就必须每年用1个小孩和9头牛献祭。村人听了，虽如雷轰顶，却又无奈。

献祭的牛村人可以众筹，可鲜活的人命谁能忍心啊？那些年，凡被派到祭献小孩的人家，无一不是悲痛欲裂！后来有一年，轮到村里的读书人黄崇儒的8岁独孙黄凌剑当祭品。黄崇儒时年已过70，他不能眼巴巴地看着自己的嫡孙被杀。思虑良久，他唤来儿子说："我观徐道士不像善辈，是否妖孽作祟也难料。我们家剑儿聪慧过人，将来必成大器，怎能拿去祭溪？"于是，他命儿带黄凌剑逃到梁野山拜清风道长为师，并要求务必学艺得成，日后归来除却溪中恶孽，以还黄坊安宁。

十年之后，黄凌剑苦练得成。艺成之日，他身披铠甲，手按湛卢拜别师父。回到黄坊，正赶上徐金蟾又在那个已被村人叫作"宰牛坝"的溪滩主持祭祀。黄凌剑怒不可遏，当场斥责徐金蟾的滔天罪行，并与之展开激烈恶战。直战得溪边天昏地暗，溪里浪涛翻滚。数十回合后，突然风浪骤缓，只见黄凌剑捉得一只猪崽般大小的蟾蜍从远处踏浪而来。他告诉大家，河里根本就没有什么恶龙，只是徐金蟾这只癞蛤蟆在此修炼成精，兴妖作怪。大家义愤填膺，一起在宰牛坝将癞蛤蟆斩杀。黄凌剑也因而成仙，被后世尊为"黄剑公"。

四

从高处俯瞰黄坊，村庄形状规整，细看那些民舍，也大多中规中矩，一色村墅造型。想象得出，当年古老的黄坊村应是在溪畔的河套之地，多少百年了，不可预测的自然灾害，使得村庄趋利避害，一再变幻。

我与几位20世纪50年代出生的村民作了短暂闲聊，他们似乎也说不出黄坊村更久远的历史，只说在清康熙三十八年（1699

年)《武平县志》上有看到关于黄坊的记载，但是武平北宋淳化五年（994年）建县，东留北宋末年设乡，如果以此来推算，黄坊应有可能是宋末或元初时期始创。

中华民族自古就是逐梦的民族。因为有梦，小溪终能汇成大海；因为有梦，一叶也能描绘俊美河山。想当年，黄氏子孙为逐梦美好生活，以一脉之薄从上杭的稔田迁建而来，多少汗水和创造的凝聚，使如今的黄坊已发展成为黄、谢、钟、流、王五姓繁衍的人口超千之村。

如果说，剑公斩妖可视为峭公家训"男儿当自强"的一种诠释，那么第二次国内革命战争时期，这里五姓人家团结一致与国民党反动派进行的卓绝斗争，铸就的就是黄坊人逐梦未来的顽强精神！特别是2000年的那场前所未有的洪涝之后，不屈的黄坊人面对灾害留下的满目疮痍，再次思考如何将自己逐梦的理想，化为筑梦之坚心。

李，又名"玉梅"，古称"嘉庆子"，为蔷薇科落叶小乔木，果实酸甜可口，在福建有700多年的栽培历史。我不知是天赐，还是福建子民的勤劳与智慧，使之成了八闽名果。尤其芙蓉李品质上乘，可鲜食，可制脯，且耐贮易存。于是，勤劳智慧的黄坊人，读懂靠山吃山的心经，再次开启筑梦之行。一户5亩水果、3亩蔬菜、2亩大田经济作物，这就是他们起初的"532"产业计划，同时以"村集体+公司+合作社+农户"模式打造产业联盟。

富贵籽，药名"朱砂根"，又叫"大罗伞""凉伞遮金珠"等，属常绿小灌木，它们自然生长于山谷林下或丘陵荫蔽之地。

原本人们对它的认识，基于可用其治疗腰膝酸痛、全身麻木、劳伤咳血等疾病的药性。事实上，这种小灌木果实大小如黄豆，密密匝匝，起初青绿，之后渐变富贵之红。或许，就是它的命该富贵，勤奋智慧的黄坊人在遍栽李树之后，将它从深山请入园圃驯化改良，抚育出象征幸福美满的盆栽——富贵籽。

自此，一个以"富贵籽、芙蓉李"为龙头的特色产业在黄坊形成。

五

在离黄坊村部不远的国道边，有一个叫"黄坊田园乐园"的去处，那是一个集产品展示、休闲观光、亲子研学、素质拓展等功能的大型综合体。在展馆里，我不仅看到了琳琅满目的有关芙蓉李和富贵籽的图文介绍，而且芙蓉李果酒、芙蓉李干、芙蓉李粉等许多衍生品及造型各异的富贵籽盆栽也让我应接不暇。

围绕着田园乐园，那是蹦蹦云、秋千、竹篓滑索、抖音桥、沼泽跳跃、水上皮划艇等游乐项目，它们已成为远近闻名的"网红打卡点"。近十多年来，黄坊人以"产业兴村"为目标，特色种植、环境整治、乡风文明多措并举，筑梦"花果飘香、四季宜游、百姓安居乐业"的美丽新黄坊，终于梦想成真；至今已先后获得"全国乡村治理示范村""省级生态村""省级美丽乡村试点村""省级乡村振兴试点村""省级文明村"等荣誉称号；2022年实现村财收入25万元，农民人均纯收入2.6万元，村民仅在农村信用社存款就达3700万元。

"春国送暖百花开，迎春绽金它先来。火烧叶林红霞落，李花怒放一树白。""小小琼英舒嫩白，未饶深紫与轻红。无言路侧谁知味，惟有寻芳蝶与蜂。"这是唐朝李白和宋朝朱淑真的同题诗《李花》。我是季春之末到访黄坊的，到访时，不能不惊异梦中所见的素丽繁花，已化为枝头的累累硕果。

又是一个丰收年啊！黄坊，这个梦想成真的地方！

第四辑

武平风物

桃溪寻茶记

□ 黄莱笙

汽车出了县城往北，朝桃溪镇驶去，梁野山莽莽苍苍横亘在前。岭上的原始树林在四月的芳菲中似乎膨胀起来，树冠一团一团的，春意蓬勃，云气蒸腾。弯曲陡峭的公路顺着峡谷蜿蜒，路底下的深壑翻滚上来一道道雾岚，在山路间相互追扑。本以为走过梁野山岭之后就看不到云雾了，岂料40多千米的车程，沿途依旧云雾弥漫，只是散淡了些，零落的村庄屋舍迷蒙，远山茶园若隐若现。这一大早的景象让我兴奋不已，似乎撩开了武平绿茶的神秘面纱，拉开一幅高山云雾出好茶的画卷。

桃溪镇是武平绿茶发源地。据县志记载，武平绿茶历史可上溯东汉末年，唐宋元种茶饮茶已蔚然成风，明代有产品上贡朝廷，清朝康熙、乾隆年间以"香高味浓甘爽"成为皇宫贡品。改革开放以来，武平绿茶产量与品质获得极大提升，逐渐成为福建名茶之乡，形成了"八闽炒绿看武平，武平绿茶看桃溪"的格局。桃溪镇是武平绿茶主产区，全县的绿茶种植面积，桃溪就占

绿茶基地（钟炎生　摄）

了一大半。在这种发源地和主产区的时空交叉之中，要弄懂武平绿茶显然就非来桃溪镇不可。

一进桃溪镇地界，就见桃澜溪两岸山地鳞次栉比到处是茶园，大多散落在向阳坡度较缓的岭间，夹杂着一些野生树木，呈现生态多样性的格调，一些连片较大的茶园还开辟了观光游览步道和自行车骑行赛道。茶青是好茶的先决条件，桃溪茶园何以品质高远？观其土壤，武平县农业局资料显示，桃溪茶园主要是由砾岩、页岩、红砂岩母质分化形成的红壤、黄壤、棕壤等沙质壤土。陆羽《茶经》有云："其地，上者生烂石，中者生砾壤，下者生黄土。"桃溪茶园正是好茶生长的"上中者"。观其水系，从桃溪地名的由来就可见此地的水资源丰富。武平文史资料记载，清朝光绪年间,"戊戌六君子"之一的刘光第途经桃溪,面对风光旖旎的青山秀水,兴之所至写下"何时翠竹江村路,今日仙桃石洞人",后人便说"清溪流过桃地,就称桃澜或桃溪吧",之后此地就称为"桃溪"。水资源是茶园命脉,水占茶树总重60%,维持茶树各器官平衡。桃溪茶园分布在纵横密布的溪涧之间,加上每年1500至1900毫米的降雨量(我国大多数茶区为1200至1800毫米),显然命脉充沛。观其地形,河谷盆地与山地丘陵相互交错,山岭垂直差异较大,最高海拔1123米,最低海拔245米,海拔落差之大也就带来昼夜温差变化之大,云雾随之而生,滋润茶树。坐落于如此优越的自然环境之中,桃溪茶园的规模发展和品质养成也就天经地义了。

地灵之处必有人杰,"茶"之一字,人在草木中,草木因人而成茶,因奇人而成妙茶。桃溪镇有27家茶叶种植加工企业,全产业链产值超1.8亿元,制作技艺精湛。听说当地有两个武平绿茶的龙岩市第六批非物质文化遗产代表性传承人,一个叫王新宝,一个叫兰正盛。到访桃溪之日,王新宝外出了,我找到了兰正盛。

兰正盛人如其名,正当壮年又身处盛世,平头圆脸,双颊饱满,眉宇安详,他身穿蓝色T恤,更显得朝气蓬勃。兰正盛经营的武平县如金茶叶有限公司是桃溪镇最具影响力的茶企之一,是龙岩市农业产业化龙头企业,品牌名号"亦兰香",多次在茶赛中获取"茶王"称号。他领我观看了茶厂整条生产制作流程。

中国茶叶有绿茶、红茶、青茶、黄茶、白茶、黑茶六大类,绿茶历史最悠久。绿茶可分为炒青、烘青、晒青和蒸青四类,武平绿茶多属炒青类型。各类绿茶加工制作方法各不相同,但基本工序都是杀青、揉捻、干燥三个过程，不同的品牌又有具体独到招数。兰正盛领我看的是桃溪炒绿的工艺规程，包括鲜叶、摊凉、杀青、揉捻、初炒、长炒、提香、风选、拣剔、包装等。兰正盛说，这是规模生产的机械化流程，拿去比赛的精品却要用手工制作，网络视频上流传的柴烧铁锅炒青是传统工艺，适合零散制作。

观看工艺流程中，我发现一堵墙体嵌着一台陈旧的滚筒杀青机和揉捻机。兰正盛说，这是他父亲在20世纪80年代购置的设备，保留下来作为纪念。原来，如金公司前身是从1981年成立的桃溪公社茶场改制而来，那时的桃溪茶场是全县茶园面积最大、设备最先进的示范茶场，开启了武平县规模性茶叶生产加工进程。如金公司子承父业，可谓根基深厚。由点及面，桃溪茶业领军武平绿茶，从此一斑可窥全豹。

桃溪镇政府院内有一个武平绿茶展馆，是从旧楼改造而来的两层馆舍，一楼展厅，二楼体验厅，入内便知武平绿茶的前世今生，宛如满馆茶知识盛宴，简约而不简单。

年轻的镇党委书记李跃萍带我观看了展馆，逢到重点关键环节，他就驻足对我敞开讲解。馆内展示着琳琅满目的武平绿茶所获得的荣誉，2013年被国家工商总局认定为中国驰名商标，2014年列入农业部全国名优特新农产品目录，2016年被中国茶叶流通协会确定为全国十大"推荐绿茶公共品牌"，2020年被海峡两岸茶叶交流协会评为"中国特色炒绿之乡"，桃溪镇由此被农业农村部评为全国"一村一品"示范村镇……馆内有一排展位展示了武平绿茶4个经典品种及其制作工艺和特色说明。原来，武平绿茶用国家级自然保护区梁野山冠名,分为"梁野炒绿""梁野翠芽""梁野雪螺"和"梁野翠珠"品系,香气持久,豆香、栗香或花香显扬,汤色绿亮,滋味浓爽,外形则有差异。炒绿条索紧结,锋苗显,灰绿或青绿油润;翠芽扁平挺直,叶底单芽肥壮柔软;雪螺则紧卷成螺,白毫显露;翠珠卷曲成珠,紧结光滑。整个展馆,茶产业、茶科技、茶文化,托出了一个客家人的茶业天地。

观展意犹未尽,李跃萍说,去茶寮体验一下。桃溪茶寮坐落在桃澜溪一弯岸边,穿过一大片茶园,踩过一溜水上石墩,篱笆木门洞开野性十足的营地,树木之间天幕、帐篷、木屋若隐若现,溪水里、草地上四处零散着茶桌茶椅,好一处浪漫地。

我们在临水的一台茶桌边坐下。李跃萍说,谷雨刚过,正是品尝春季新茶的好时节,我们来领略一下武平绿茶"香气高锐,滋味清爽,色绿形美"的神韵。绿茶未经发酵,保留了大自然本色,而坐在茶寮的山水意境之中品饮,更是平添人与自然交融的乐趣。

李跃萍拎着壶说,泡武平绿茶最好用山泉水,杯子要用玻璃杯,可以观赏茶叶像人生一样沉沉浮浮。他往烫过的玻璃杯中倒入茶叶让我闻香,果然浓郁馨鼻,俨然田野气息。然后他悬壶高冲,香气四溢,咂一口,一股清气游走胸腹,顿感神清气爽。凝神观杯,色泽翠绿,汤色浅绿,叶底嫩绿。我已经过惯了"宁可三餐无米不可一日无茶"的生活,领略过中国十大绿茶,却从未喝过如此神韵,武平绿茶把春天永远地留在了舌尖。

茶道、茶艺、茶情,天下茶文化莫不以儒释道浸润,大多喜欢茶禅一味。桃溪是客家茶乡，取客家文化为底蕴，人在桃溪，茶走天下。想起在展馆遇见的几个当地人，都说客家人一生一世不离茶。在桃溪，生孩子送茶道喜，来客人以茶相待，唱挽歌奉茶赠别，家家户户早一杯晚一杯，终日以茶品清纯人品，从那不变色、不变味、不变质的茶品之中，觅一份初心，守一片清宁。这种进取的文化底蕴，突出了武平绿茶"清"的意味，茶可润身，亦可清心。好茶没有乌纱帽的大与小，没有钱袋子的鼓与瘪，唯有天地之间浩然清气，充盈人世。

没想到，茶寮品茗却品出了这样一番俯仰境界。

茶香缭绕之间，李跃萍告诉我，桃溪镇多年来一直举办全镇、全县、全市的茶王赛。再过两天，龙岩市2023年"红古田"杯绿茶茶王赛暨武平县第七届茶文化商贸旅游节要在桃溪茶寮举行，可惜我没有时间留下来分享这趟绿茶盛事了。

"这次茶赛，桃溪镇会不会又有茶农拿到茶王？"我问。

"估计八九不离十还是花落桃溪。"李跃萍信心十足。

离开桃溪若干天后，网络上媒体铺天盖地报道，这届茶王果然又由一位桃溪茶农摘冠。

那一口冒着热气的温暖

□ 傅　翔

　　武平地处福建、广东、江西三省交界处，南邻广东梅州蕉岭县和平远县，西接江西赣州寻乌县和会昌县，古时隶属汀州管辖，是典型的客家县。汀州古称"闽西"，和梅州、赣州一样，皆为客家人聚集区。

　　客家人号称"中国的吉卜赛人"，也称"中国的犹太人"，其实就是历朝历代南迁的中原汉人的统称。他们逃避战乱，背井离乡，筚路蓝缕，历经千辛万苦，扎根异乡，白手起家。他们以客为家，以他乡为故乡，从无到有，艰苦创业，耕读为本，勤俭持家，发奋图强，给一处处蛮荒之地带去文明，带去希望。和北方的中原汉人一样，他们身上的智慧与美德客家人都有，经过战乱与逃亡，开拓与重建，这些优异品质得以发扬光大，在不断地淘洗中，更显熠熠生辉。客家人也因此成了赫赫有名的一支民系，成了南迁汉人的优秀代表。他们吃苦耐劳，勤俭节约，团结和睦，热情好客；他们谨守传统，尊师重教，与人为善，聪慧过人。这样一个杰出的群体，创造出来的美食与文化肯定是不用怀疑的。

北方种植小麦，小麦磨成粉变成了面粉，面粉加工成的小吃便是北方美食最重要的构成。同样，南方种植水稻，大米磨成粉加工成的小吃也就成了南方美食最重要的构成。北方有面条，南方就有米粉；北方有馒头、窝窝头、包子、馄饨、水饺等各种各样的面食，南方也有米粄、捆粄、簸箕粄、肠粉、糍粑等各式各样的大米做成的小吃。北方有高粱、玉米、土豆、山药等，南方有地瓜、芋子、大薯、木薯、南瓜等，它们和小麦、大米的待遇一样，同样可以加工成形形色色的美食。民以食为天，人类的智慧在饮食上面，真是让人叹为观止。

我是土生土长的闽西人，从小就对客家美食了如指掌。论客家小吃，最有代表性的，总是离不开大米做的粄，还有就是各式各样的"干"。"干"有米粉做的"粉干"、肉做的"肉干"、菜做的"菜干"，其中著名的闽西八大干就是其中的佼佼者。"闽西八大干"也就是"汀州八大干"，它涵盖了汀属八县最具代表性的特产：长汀豆腐干、连城地瓜干、上杭萝卜干、武平猪胆干、永定梅菜干、宁化老鼠干、清流明笋干、明溪肉脯干。"干"是佐酒配饭的佳品，也可作闲吃之零食。在我童年的记忆里，各种各样的"干"总令我们垂涎欲滴，欲罢不能。而粄则更像是日常生活里的绝对主角，在饥肠辘辘的年代里，做粄就像是一场盛大的节日演出，有一种庄严而隆重的仪式感。每当农闲或阴雨绵绵的日子，闲得发慌的大人们便会变着花样做粄，从磨米浆与找馅料开始，小孩子们心中无比欢欣的节日也便正式鸣锣开场。在乡间，在田野，苦难的童年记忆里总离不开这些温暖的舌尖回味。如今，时过境迁，粄已经遍布城乡的每一个角落，只要你喜欢，天天皆可饱餐尽兴，儿时的期盼与乡愁也因此消失殆尽，荡然无存。

　　武平的粄最为著名的自然是簸箕粄。簸箕粄又名"卷粄""带子粄"，因用米浆均匀摊在铝盘中蒸熟后脱在簸箕中包馅而得名，簸箕粄细嫩可口，多食不腻，就像连城的捆粄与广东的肠粉一样，武平人的早餐，也是从一盘簸箕粄开始的。

　　当晨光初照大地，一碗肉汤，一盘捆粄或簸箕粄，便是如今客家人习以为常的早餐。粄是现做的，白白的米浆是事先准备的，在以往，磨米浆就是一个复杂而隆重的劳动场景，经过清水浸泡过的籼米，在两个成人的默契配合下，在厚重的磨盘上磨成黏稠适中的米浆。如今，有了电磨，手工磨米浆的场景几近绝迹。米浆准备好，把米浆浇在铝盘之中左右摇匀，再轻轻平放在沸水中将其蒸熟，一两分钟后将铝盘取出。一股米香味扑鼻而来，热气腾腾的粄皮被划成了若干份，张张晶莹剔透，柔韧又绵软。当软糯滑嫩如薄纱的粄皮轻柔地把炒制好的馅料层层卷起，再抹上些许金黄焦脆的葱头油，白中透绿的粄皮顿时光鲜亮泽。作为簸箕粄的灵魂酱料，鲜香油亮的葱头油将食欲提至满分，让人直吞口水。

　　经过世代的传承与创新，簸箕粄已不局限于大米的纯白、苎叶的绿、苋菜的红、南瓜的黄、甘蓝的紫，大自然缤纷耀眼的色彩，都是它光鲜亮丽的外衣。不同色彩的簸箕粄，都蕴藏着蔬果独有的香气，糅合其中的米香，更是温润爽滑。以往是逢年过节

簸箕粄的制作（李国潮 摄）

芋子粄（李国潮 摄）

的餐桌美食，如今是飘香大街小巷的特色小吃，无论在哪里，一盘浇上葱油的籫箕粄就能激活沉睡已久的味蕾。美食的精妙之处在于平凡的食材与简单的烹饪方式，它一样可以创造出源远流长的经典味道，而看似质朴的籫箕粄却蕴含着丰富的情感，个中韵味是客家人对故乡难忘的记忆。

同样，在武平与多数客家人的记忆中，苎叶粄、艾叶粄、白头翁粄、黄粄一样是唇齿留香、刻骨铭心的惦念。苎叶粄、艾叶粄、白头翁（学名"鼠曲草"，又称"清明菜"，客家也有称"白头婆"）粄做法相似，都是用一种植物煮熟捣烂和米粄混合揉制而成。因为小孩常常参与采白头翁的缘故，白头翁粄在大多数客家人的记忆里如死坚强，挥之不去。清明时节，白头翁粄的字眼便浮泛在客家人的唇舌之间，浓重的乡愁令人猝不及防。

与白头翁粄一样，黄粄则在秋冬的日子里带给人们更多的富足与香甜的回味。"黄粄祭灶，新年来到"，只要到了腊月，软糯Q弹的黄粄便萦绕在唇齿间，令人垂涎欲滴。黄粄的制作较为讲究与复杂，常常要提前几天准备。它的原料为粳米粉，关键是天然的植物碱，要将鱼骨树的枝杈、叶子烧成灰，用开水淋灰，纱布滤去灰烬，再将灰水与粳米粉掺和后，搓成大小不等的粄团，放入饭甑蒸熟后，倒入石臼，用木槌反复捶打后取出，做成各人喜爱的形状，再根据不同的口味，淋上酱汁。每年一到农闲时节，从小雪到雨水，客家人便开始制作黄粄，并在小年前达到高潮。腊月廿三，人们要祭灶，就要用又嫩又滑的黄粄"粘住灶王爷的嘴"，以此期盼灶王爷能够"上天言好事，下地保平安"。

在大米做成的美食中，武平还有一道小吃不容忽视，那就是珍珠粉。珍珠粉外观晶莹透亮，赏心悦目，吃起来嫩滑爽口，鲜香不腻。作为一道历史久远的客家美食，珍珠粉系永平镇帽村人先祖在蜀地做官时传入。它的特色在于做工精细，有着严密的制作流程，要经过选米、磨浆、挤压、晾晒、反复筛等多道工序，煮时再加配料，味道更佳。在武平北部片区，过年时，珍珠粉是必上的一道佳肴。

至于另一道风味小吃——薯包子，它对于武平人民就好比烤鸭对于帝都人民。不论在家还是在外，只要能捣鼓到本地大薯，武平人就会心心念念地想自己动手做上一道薯包子。其实，薯包子的制作并不复杂，把大薯用牙钵磨成薯泥，再炸成一个个丸子，就算大功告成。之所以难忘，一是用牙钵磨薯的记忆无比温馨，深入骨髓；二是油炸的扑鼻香气能把儿时的馋虫勾起。客家人小时候都有做薯圆薯包子的深切记忆，个中原因不仅在于吃的垂涎，更在于做吃的过程，有那么多令人难忘的温暖与美好。

在客家众多美食之中，除了大同小异的酿豆腐、豆腐渣、客家捶圆、磨薯圆、搅板子等风味小吃外，还有一些大菜的做法也极为相似，如白斩鸡、白斩鸭、白斩兔等。在武平，白斩象洞鸡便是不可或缺的招牌美食。象洞鸡是武平的特产，与长汀的河田鸡一样，以非凡卓越的品质著称。白斩象洞鸡一般都用香葱淋制，这种做法保持了鸡肉的原味，口感熟而不烂，皮脆肉滑，味美鲜香。

最后，我们不得不提及武平猪胆干，这道武平人酒桌上必不可少的风味菜能够名列"闽西八大干"之一，必然有其过人之处。

其实，这道名菜已有100多年历史。它的制作要经过洗料、配料、腌制、晾晒、压扁、整形、检验七道工序。每年秋末冬初，天气晴朗，是生产猪胆干的好季节。先将猪的肝和胆一起酱浸，加上适量白酒、五香等配料进行调味，然后再用温炭火烤熟。这样制成的猪胆干色泽紫褐，香而微甜，且有生津健胃、清凉解毒的功能，是宴席冷盘名菜。吃时，只要将它蒸熟，趁热抹上一层芝麻油，待冷后切成薄片再拌少许蒜片，便香气四溢、韵味无穷。

舌尖上的家乡美食，传承着生生不息的乡土眷恋与热爱。簸箕粄、黄粄、薯包子、猪胆干……独有的烟火气是人们时时惦念的家的味道。四季三餐，风味长存，当蛰伏舌底的馋虫被唤起，只是一口，便觉人间值得。那一口冒着热气的温暖，是治愈每一次思乡的良药。平常的人情与风味，就像是灌注了万千情愫的簸箕粄与猪胆干，一口口惊艳，一缕缕惦念，是一直深刻在记忆里的，也是人间最绵长动人的存在。

仙草的故乡

□ 张冬青

古人使用汉语十分简洁生动，仙草堪为一例。《本草纲目拾遗》中对这种草本植物的描述精妙绝伦："仙人冻住了，又名香草。"

关于仙草，我曾在年前由海峡文艺出版社出版的《客家与民俗》一书里有过如下叙述：客家人根据《黄帝内经》"春夏养阳，秋冬养阴"的养生观，对应季的食谱药膳进行相应调整，夏季则宜多食健脾利湿的清淡食物。闽西客家人入夏惯常食用一种用当地名为"仙人草"的植物与地瓜粉等熬制成的"仙草冻"，该草冻清凉润滑，入口即化，堪称当地应夏不可多得的一道美食。客家人最懂仙草，不仅仅因为其中乳般的汁液润泽、慰藉了这个筚路蓝缕、艰苦劳作族群的一整个夏天，还因为该草田间地头房前屋后遍野生长，滋养丰沛了客家人的顽强精神内质。仙草冻与米粄、芋饺等已成为客家人骨骼生长生命营养中不可或缺的一个组成部分。从某种意义上来说，仙草是客家人的生命之草。

近些年来，随着美食风潮流行，仙草冻以及深加工的系列产品在客家乃至广大的南方地区以至香港台湾等地城乡广为流行，满街的小吃店奶茶店里，人们在饭后餐余，少不了点一份仙草蜜或四果汤，一仙在手，或吸或抿，Q弹甘爽，通体舒泰快活如仙。仙草冻成为夏日里不可或缺的美食，一道清新亮丽的风景。

暮春时节，我随福建省作家采风团走访武平，颇让我意外惊喜的是，这座位于客家腹地闽粤赣三省交界的偏远山地竟然是仙草的天选故乡。从座谈会当地领导的县情介绍中我了解到，武平县从20世纪八九十年代即开始推广种植仙草，蔚成大观。现如今，武平县已引进种植1500亩仙草产业核心示范基地，全县植仙草3万多亩，实现年产值三个多亿元。武平县发展成为全国最大的仙草种植基地。仙草成为该县农业推广乡村振兴的支柱产业，农民的"致富草""幸福草"。武平仙草于2013年被农业部批准登记为"国家农产品地理标志保护"。

这个春阳和煦的上午，中山镇政府办公室的年轻干部林文峰驾车陪同我一路走访。小车沿着谷地山道行驶，谷雨过后的原野一片葱茏，车窗两旁星星点点嫩绿的是水稻秧苗，浓绿的是百香果还有烤烟叶，还有成垄成片迎风摇曳的绿苗则是新栽的仙草。

公路右向的一片厂房建筑墙外，一长溜百合绿叶红花盛开，门枋上金黄大字题写着：石壁塘11号/植草人/盛达农业。这是当地一家名声在外的仙草种植加工企业。身材高大，有着"仙草大王"之称的公司老总邱福平在门口迎候，热情的邱总领着我们在宽敞的厂房车间参观走动。随着邱总指指点点如数家珍的介绍，我们感同身受这位农民企业家大半生矢志开拓发展仙草事业的心路历程。改革春风从南边吹来，邱总就是梁野大山里头拨被暖风吹醒的人。20世纪80年代初，邱福平老家下坝及周边的中山乡等，村民因袭传统，大多有在田间地头零星种植仙草，夏日里熬汁制冻用以解渴消暑的习惯。其时，刚初中毕业不久的邱福平主要尝试从省农科院培训学习过的食用菌栽培，也种植了少量的仙草。1986年某日，一位广东梅州的外贸公司经理找到下坝邱福平家，说要收购一百吨的仙草，这让当年只种收三五百斤仙草的年轻人一时傻了眼，要让刚入门食用菌栽培的邱福平改行去"种草"，这事很费思量。但客家有句老话，人不能总在一棵树上吊死，说不定仙草里头有更大的商机。邱福平咬咬牙拿下了这份天量的订单。他开始亲手编写仙草栽培种植的相关资料，打印数百份，自己骑着自行车挨家挨户往亲友和村民家宣传发动。有了订单和订金的保证，村民们打消了疑虑，纷纷扩大仙草种植。下坝乡当年仙草大获丰收，村民们尝到甜头，邱福平也捞到了第一桶金，仙草种植逐渐在下坝、中山等周边乡镇推广发展。接下来，为了提高产量、提升品质满足商家需求、增加种植户收益，邱福平开始从国内外引进不同的仙草品种，经过多年的对比试验和杂交育种，先后培育出多个表现优良的仙草良种推广种植。他与省农科院农业生物资源研究所合作，在50多个现有仙草品种当中选育出产量高、适应性强、气味清香、可溶性物质高的仙草新品种，命名为"闽选仙草1号"，并于2010年3月通过了福建省农作物品种认定。在邱福平的领头和不懈努力之下，仙草种植技术不断推陈出新，市场销量越来越大，仙草的种植由原先的零星几户扩展到整个武平县，并向周边辐射到福建上杭、长汀，广东平远、蕉岭，江西会昌、寻乌等地。如今，"闽选仙草1号"已经成为闽粤赣三省交界仙草种植区的主打当家品种。邱福平在长期的仙草栽培实践中不断探索，大力推广黑地膜复畦种植，减除了农户费工费力的除草麻烦，还通过运用组织培养技术，结合仙草种苗脱毒繁育、土壤处理、种植防治等措施来应对病虫害，起到了良好的效果。随着仙草种植面积和产量迅猛扩张的同时，也带来了巨大的市场压力。为了最大程度保护草农的利益，避免市场风险，邱福平经过反复协调联络，多次邀请驰名品牌企业广东加多宝集团相关人员实地考察，终在2008年达成协议，该集团同意在武平县建立旗下的仙草种植基地，实行最低收购保护价订单种植。同时，邱福平着手组织成立仙草专业合作社，实行订单种植生产，统一收购，统一销售。凭借良好的品质，规模化标准化的生产与绿色种植理念，武平县逐渐发展成为全国最大的仙草种植基地，成为凉茶品牌王老吉、加多宝、和其正的原料主产区。

选料车间里机声隆隆，草屑飞扬，工人们正从小山般堆拢的仙草垛中取下成捆的经冬干仙草，分别进行切段、粉碎、打包等处理，厂房里弥漫干透仙草独有的醇香。邱总告诉我，仙草在夏秋季采收，经过一整个冬天的贮存，其中的活性酶和胶质等其他微量元素会更加稳定和提高。眼前这些打包、切段、粉碎的机器都是邱总自己研究开发制造的，有效地提高效率，降低了生产成本。

小林领我们走进临街的武平县百家姓农业合作联社农产品电商直销中心，展厅里琳琅满目，一排排货架上整齐摆放着仙草粉、灵芝、笋干、客家酒酿等商品。一旁的会议厅里座无虚席，足有百十多人，专家正在台上认真演示讲解。我看见闲立的拐杖旁，一位个子矮小佝偻着腰背的年轻人正用独臂在认真书写着笔记。

50多岁的县供销社党支部书记老刘在门枋上挂着"全国五一劳动奖章获得者刘星光/劳模工作室"的房间里冲泡着当地的原生态绿茶接待我们。刘星光因长年从事仙草、百香果等农作物的发展研究推广成果卓著而获此殊荣，现还兼任县农业合作联社主任。我们的交谈直奔主题。刘主任认为，武平县眼下的仙草种植发展势头良好，但也遇上相关瓶颈：一是仙草品种较为单一，草的内含胶质退化明显，原先一斤干草熬制百多斤冻品，现如今只能出40来斤。合作社正着手选育新品种，并在提高仙草冻胶质科研方面下功夫。二是要保持仙草品质稳定，提倡"草稻"或"草菜"轮作。可当下农村年轻人都出外打工了，留守村庄的中老年农民一般只种一年一季的仙草。三是夏末秋初成熟期的仙草生长旺盛，可长到一米多高，人工收割十分忙累，合作社也在组织研发或引进相关采收割草的机械。

刘主任领我们去看农业合作联社旗下的仙草示范种植基地。小车在连绵大片绿意盎然的田畴旁停下，高墈处竖块大牌，上书"武平县农民专业合作联社/无公害仙草示范种植基地"字样。从大山深处奔涌而来的清澈溪水在一旁流过。刘主任介绍说，武平县境内大部属高山云雾小气候环境，昼夜温差大，水质良好，土壤含多种微量元素，最适合仙草种植生长。我俯身细细观察着眼前这种既朴素又神奇的小草。甫栽不久半尺多高的植株，和常见的薄荷、辣椒有好几分相似，茎秆密生细细的绒毛，起皱的长卵形对生叶片像极了小鸟扑棱的翅膀。有风吹过,大片的仙草摇来晃去窸窣响动,我听见田畴间许多由远而近跑来跑去的欢快笑声。不远处高耸的梁野山云雾缭绕,乌云推涌着雨帘,淅沥小雨随风而来,就要告辞这片仙草绿地。我在心里默默地说,能在这片土地上生长的仙草是有福的,拥有仙草原产地的武平人是有福的,能在炎炎夏日里品尝到武平仙草制作的系列冻品的人们是有福的。

灵芝生王地，光采晔若神

□ 马 乔

"天地因缘，和合万法，乾坤氤氲，精魂孕化。"这首诗吟咏的是被人们视为仙草的灵芝与其生长环境的关系，诠释的是古人认定的灵芝孕育生长直到升华为通灵之物的奥秘。而被谢灵运誉为"天下才有一石，曹子建独占八斗"的曹植，说得更为直接，他在自己所写的《灵芝赋》中，开篇就落下"灵芝生王地，光采晔若神"之句。

一

位于闽粤赣三省交界处的武平，正是一方地灵人杰的"王地"！这里诞生了人民共和国的"空军之王"刘亚楼，这里还拥有横亘百里的"峰峦之王"梁野山。这样的山水宝地，天生注定就该成为"真菌之王"——灵芝降生的首选之地。

我初识武平灵芝，是从武平灵芝的深加工产品——灵芝茶开始的。那天，在该县万安镇捷文村委会，热情的主人为来访的作家捧上一杯热茶。起初，我以为这是当地产的绿茶，但当茶杯端至近处时，我才发觉有异，因为从茶杯中氤氲而出的热气、气味让我感觉有些陌生，但又似曾相识。尚在我判断这汤水源自哪种茶时，主人见状及时释疑：这是我们武平的灵芝茶。语气中带着自豪，但不显山露水。

灵芝茶？在我的印象里，灵芝通常只被当作治病的中药，即便被作为食物，也只用来煲汤。显然，在我孤陋寡闻的记忆库里，还找不到这种饮品的存储资料。此刻，尝新的欲望骤然升起，急切的口欲阻断了主人滔滔不绝的介绍进入我的耳膜。我自顾自地把茶端近前来，先观色：但见汤水介于黄色和咖啡色之间，隐隐有透亮感，辐射着树脂光泽。这种色泽不就是琥珀色嘛？！再把茶杯凑到鼻前，深深吸入一口从杯中袅袅升腾而起的气息，顿觉一股浓郁的山野之气直往鼻孔里扑。再细细分辨之，又感觉那股气息里带有一种混合韵致，若兰又非兰，似桂又非桂，还带着些许苦与甜的混合。明显，这股气息是打擦边球的高手，游移在各种气味边沿，但拒绝进入任何一种味道中心。轻轻地啜上一口杯中的汤水，让其在舌尖上转上几圈，味蕾便给出了如下评价：先微苦，再微甜，三回甘。

原本，主人见到我全神贯注品尝灵芝茶的认真样，早已不再滔滔不绝了。但此时此刻，他应该是觉察到了什么，脱口说出一句顿释我心中疑惑的话来：这种灵芝茶是用我们武平产的紫灵芝加工而成的。紫灵芝不苦！赤灵芝才会苦。

二

　　品尝过灵芝茶，又听说此时正逢灵芝种植季节，周边的山上到处有人正在大种灵芝，我便迫不及待地想去现场观摩观摩了。

　　我知道灵芝在民间历来被认为是包治百病的灵丹妙药，甚至被传是一种具有起死回生、让人长生不老功效的仙草。这显然有些被夸大了。但灵芝是一种拥有固本扶正、滋补强身功效的珍贵中草药，却是经过历史检验的。著名药书《本草纲目》里就有与灵芝有关的大量文字。例如："五色之芝，配以五行之味，主治：明目，补肝气，安精魂，仁恕。久食，轻身不老，延年神仙。"。又如："紫芝，一名木芝。气味：甘，温，无毒。主治：耳聋，利关节，保神，益精气，坚筋骨，好颜色。久服，轻身不老延年……"

　　古时灵芝所以珍贵，在于只靠野采。而由于野生灵芝生长要么因环境要求苛刻，产量极少；要么多产于深山密林，得之不易，故而愈显其珍。及至当代，全赖科技进步，科技人员已能得心应手地培育出灵芝菌种，使成规模培育灵芝成为不再难之举。

　　武平人采食灵芝的历史悠久，但人工培育灵芝却起步于进入新千年之后。初尝螃蟹者叫邱福平，是本县下坝乡露冕行政村下露冕自然村人。邱福平1982年初中毕业后，没有像许多农村青年那样热衷于外出打工"讨生活"，而是留乡创业，先成为当地的"仙草大王"。在种植仙草(一年生草本宿根植物，又名"凉粉草")带富前村后社乡亲的同时，邱福平利用在福建省农科院学到的食用菌栽培技术，开始以武平县露冕真菌厂为平台，在农田建起大棚尝试灵芝培育。初时，由于缺乏实践经验，他用针叶林树木如松树做灵芝菌材，结果失败了。后来他才知道松树这一类针叶林木含有大量油脂，不利于灵芝菌丝发育，即便有长出灵芝的，品质也不好。再后，邱福平还用泡桐一类的木材做灵芝菌材，效果也差强人意。因为泡桐这类木材，材质太过松软，其所含的木质素不丰富，这就导致了灵芝发育时把木质素转换为充当菌丝发育的营养物质能量不足，其所孕育的灵芝品质也就不理想了。通过不断地实验总结，邱福平发现，材质越硬的树木，例如本地漫山遍野的乔木椴树，包括白毛椴、鳞毛椴、多毛椴、短毛椴、亮绿叶椴、毛糯米椴、美齿椴等等，才是孕育灵芝的上佳菌材。因为椴树质硬，富含木质素、纤维素，而木质素和纤维素中含有丰富的碳源、氮源、矿物质、葡萄糖、维生素、花青素等等，这些物质恰恰都是灵芝子实体发育必需的营养物质。由于灵芝发育所需营养有保障，其子实体菌丝与细胞壁、原生质芝蕾就充满活力，生长强劲，于是灵芝菌盖就长得厚实、宽大，菌管层又多又厚；菌材中的花青素，也成了灵芝菌盖表面呈天然油润感、颜色紫褐的着色剂。

武平灵芝所以品质独步一方，主要在于其所含的灵芝多糖、三萜类物质和维生素C、有机锗这些营养元素或药用因子较高。而这些都与当地的自然因子关系密不可分。武平县的森林覆盖率达近80%，这么高的森林覆盖率除意味着培育灵芝大有用武之地外，还告诉人们，天生不喜欢阳光直射、独钟散射光或折射光的灵芝，在林下生长时能得到林木庇护与加持。直射的阳光因树木茂密被分散或折射，散射光和折射光有利于灵芝子实体菌丝发育，有利于菌材叶绿体利用光能，开展光反应和碳反应，由此生成各种有机物，先储存在三磷酸腺苷中，再经由源叶筛管输送到灵芝子实体中，合成尽可能多的灵芝多糖、三萜类物质和维生素C、有机锗。这也是武平灵芝具有特殊品质，能通过国家知识产权局审查并批准用地理标志证明商标给予保护的要素原因了。

三

对市场信息一直保持着高度敏感的邱福平，在实践中发现利用大棚种植的灵芝，在市场上名气不够响亮，于是毅然上山试验林下露天培育灵芝。由于林下露天环境，使灵芝可以直接得到阳光雨露的垂顾，能够充分汲取山川天地之精粹元气，灵芝原生质芝蕾和菌丝体发育得就更好，品质自然就水涨船高了！这样的灵芝也就更受市场欢迎了，产品销往长三角、珠三角区域的众多大中城市，供不应求。

为了做大做强武平灵芝产业链，武平已成功开发出灵芝切片、灵芝茶、灵芝孢子粉、灵芝酒、灵芝饮品、灵芝化妆品等，大大提高了武平灵芝的附加值，全产业链年产值已达到2.3亿元。在3月21日举办的2023年食用菌全产业链(厦门)创新博览会上，武平灵芝的品牌价值已达8.7亿元，在2022中国食用菌区域品牌价值榜单上占有一席之地。

四

在捷文村宜育灵芝的山地林下，我采访到正在指导种植灵芝的技术员——邱福平的侄儿邱建华。他告诉我，如今在武平当地，政府重视发展灵芝产业，鼓励农民大种灵芝，每种一亩给予500元扶持，调动了社会力量种植灵芝的积极性。他所在的新鑫农业发展有限公司，今年要种植灵芝1500亩。全县2022年种植灵芝新增的林下种植紫灵芝就有8510亩，累计已达到2.82万亩，年产量350吨。

从邱技术员的话，我联想到武平县委张书记的县情介绍与县里的发展战略，联想到武平灵芝可以为这一发展战略助上一臂之力。据张书记介绍：武平县是首批国家全域旅游示范县，文旅资源丰富。有"红色"(革命斗争史)，有"绿色"(绿水青山)，有"古色"(千年建县史)，还是纯客家县(系闽粤赣省际客家大本营的重要组成部分)。文旅资源丰富的武平，凭借这"三色"旅游资源，使武平县的文旅事业风头强劲，蓬勃发展。而我的联想则是：游客到武平来观光旅游，除了欣赏"三色+"外，就是要带些旅游产品回家与亲人分享。而武平灵芝正可充当这样的旅游"伴手侣"。尽享秀丽山水，沐浴淳朴民风，加上品尝上佳土特产品，这样的旅行，才堪称遂意圆满！

五

行文至此，又有"灵芝非庭草，辽鹤委池鹜。终当署里门，一表高阳族""我为灵芝仙草,不为朱唇丹脸,长啸亦何为"之类的诗句,不请自来。我看到这些赞美灵芝的诗文,正源源不断地叠加到武平灵芝的菌盖之上!

灵芝(李国潮 摄)

万绿丛中一树红

□ 周雪琼

闽西武平东留镇黄坊村只有一条通向远方的路,系省道,路的一头通往武平县城,另一头通往江西会昌。这条路,连接着山村和外面的世界,也连接着幸福和未来。这条省道进入黄坊村的地界时,耸立着一个巨大的广告牌"东留有李,富贵伴你"。这个广告牌里的"富贵"所指是就是这个村庄打造起来的花卉品牌"富贵籽",是村中的支柱产业,如今已享誉全国。

黄坊村的人很能干,从最初的集体种烟,到种绿色蔬菜,到种香菇,到养猪,再到现在的集体种花,美了家乡,也富裕了老乡。从静心山庄到黄坊村,一排排规划整齐、错落有致的黑色大棚排列在道路两旁,格外引人注目。大棚内,一簇簇豌豆大小的富贵籽抱团相拥,鲜红欲滴,放眼望去:青枝绿叶撑起"伞盖",罩住横逸斜出、鲜红圆润的累累果实,一颗颗、一串串犹如红色玉珠挂满枝头,亭亭玉立,风情万种,热烈得像团火,燃烧在火红的氛围里,燃烧在村民心中。

富贵籽俗称"凉伞籽",学名为"朱砂根",因其根部断面木质部为朱红色而命名。有些地方又叫"黄金万两""金玉满堂"等,都是些旺财的名字。但我还喜欢叫它"富贵籽",因为它的名字听起来寓意就很好,藏财运于心,尽显吉祥喜庆、富贵荣华的景象。在这里,我读到了富贵籽的前世今生:据说富贵籽曾经散落在东留的深山密林中,沐浴着大自然的阳光雨露,吸收着天地的日月精华。20世纪90年代,有心人偶然在山上发现凉伞籽,觉得非常好看,就将这种野生植物挖回去种植。可不曾想,这一种就种出了大名堂,从一株原本只不过长在荒野山坡上的野生花卉,摇身一变,成为带动农民致富的富贵果,在武平县花卉苗木业独领风骚。

富贵籽是一种观果花卉,成熟时会结满红通通的小果子,而且结出的果实特别多,一株能结出成百上千颗果实。结出的果实凝聚成串,装点在身上,好似一枚枚荣誉勋章,煞是可爱。它的果期特别长,能达半年以上,甚至可两代果同存。专家说,植物界两代同堂,相当于人类五代同堂。健康长寿是每个人一直追求的梦想,而富贵籽满足了人们的这种追求。红红火火的富贵籽,装点着人间烟火里每一岁新的希望。

春节期间,是东留乡亲们忙碌的日子,乡亲们总要加班组装拼盆富贵籽,有时甚至要挑灯劳作。拼盆可是个技术活,勤劳的花农们将挂满红果子的富贵籽盆景打造成形状各异的造型,有形似迎客松的喜迎富贵,有绿叶簇拥一团红的"红运当头",还有红绿相交的"满堂富贵",它们汇聚在一起,似金龙狂舞,似红狮戏球,真是惟妙惟肖,令人惊叹不已!大年将近时,公路上更

富贵籽（李国潮 摄）

是停满了车辆，一辆辆满载富贵籽的卡车从这里开往全国各地乃至远销海外，走入无数家庭客厅，登上无数酒店大堂，喜庆又迎春，把节日的喜气和祝福提前送给了千家万户。

"无论荒山与院中，贫穷富贵亦从容。果繁叶茂婆娑舞，丹艳难衰满树红。"诗言志，从这种"养在深闺人未识"的野生植物成为乡村振兴路上货真价实的"致富花"，它始终不卑不亢，以红艳艳的果实映红了人们的笑脸。借着林改的春风，吹开了黄坊的名声，也吹出了村民的欢乐。

说起种植富贵籽，自然离不开何益平。这位身材并不高大的中年汉子，当过村党支部书记，如今是武平县富贵籽产业协会会长，原在建筑等行业奋战多年，事业有成，有开拓的视野。他突然来了个转身，向田园要经济，置身于万绿丛中，大地会用它无可替代的力量，回报你一份实实在在的欢欣惬意。

东留气候、土壤等条件得天独厚，林中生长着大量的野生富贵籽资源。2008年，镇里出资在黄坊流转了100多亩土地，大力发展富贵籽产业，3年免田租。这让在外摸爬滚打了多年的何益平有个直观的认识，富裕起来的人们对花卉的需求更大了:他们买花，图的就是喜庆过年更发财。他相信发展富贵籽是有前途的，他要给乡亲们做个表率。

于是，他抓住政府扶持种植富贵籽的机遇，放弃收益相当可观的建筑行业回到家乡，把近70万元积蓄投入富贵籽的种植上，在黄坊种了11亩富贵籽，当年就赚了15万元左右。

"一枝独秀不是春，百花齐放春满园。"尝到甜头的他不仅自己种，还号召并带动周围的朋友、亲戚、邻居一起种。在他的努力下，周围农户纷纷加入种植队伍。何益平把心思全部投在把富贵籽产业做强做大这件事情上。他扩大了种植规模，由原先的11亩增加到了60亩。他的富贵籽种植路也越走越宽广，成了武平东留镇最大的富贵籽种植户。

"撷来翠叶千斛玉，索取朱砂百万金。"为了种好这株野花，何益平把大部分时间都放在研究富贵籽矮化技术上。通过多年不断观察摸索，与花农交流学习，他积累了丰富的栽培和管理经验，无论是苗龄的搭配、营养土的配置还是大棚温度的设定、苗木的施肥与病虫害防治，他都了如指掌。在种好富贵籽之余，何益平也非常用心营销。来自土地的朴实和阳光般热情的个性，让何益平结交了很多外地客商。客商们对他也十分信赖，形成了稳定的合作关系。这，让他从此产销无忧。

武平的青山绿水是农民增收致富的依靠，只有把产业做大，让富贵籽走出去，乡亲们才有盼头。为了防止花农各自为战，造成互相压价、互相竞争，何益平与其他花卉大户携手组建了花卉协会，致力于抱团发展，采取"公司+农户+专业合作化"方式，全身心帮助花农种植、销售富贵籽。科学技术开出了喜人的花朵。在何益平的带领下，富贵籽成为东留镇的支柱产业，占据了目前全国90%以上的富贵籽市场。火红的富贵籽，名气不小，多次在海峡两岸花卉博览会上获得金奖或摘取"花王"桂冠，入选为国家地理证明商标，东留镇也被誉为"中国富贵籽之乡"。在武平县首届农民丰收节开幕式上，何益平也被评选为"武平县十大新农人"。

做一个懂技术、会经营、会管理的新型职业农民，带领乡亲们共同致富，是何益平内心坚定的信念。正是凭着他这种能吃苦、敢打拼的精神，东留富贵籽以星星之火可以燎原之势，吹开富贵籽从野生凉伞籽到驯化成熟，继而带动农民勤劳致富的创业之路。远方或许有诗，但家乡却有真切鲜活的田园诗。在他身上，我分明看见了一个"新农人"孜孜不倦的追求，看见一个农村"领头羊"的初心和梦想。如今，像何益平一样的返乡创业农民越来越多，他们成为新时代的新风景。

　　乡村的变化日新月异，地还是那地，可产业越来越多；人还是那人，可腰包越来越鼓；村还是那村，可风景越来越美，山头变绿了，河水变清了，外出打工的人们陆续回乡创业，四面八方的游客络绎不绝，琳琅满目的芙蓉李衍产品风生水起。在品尝着芙蓉果酒、芙蓉李干、百香果酒的同时，也品读了新一代农村创业者的活力和风采。想到这里，一个纯真的若即若离的梦想，越来越清晰地展现在眼前：当个快乐的新农民，种花种草种树，日出而作，日落而息，像一棵植物一样，承接朝曦雨露，聆听岁月的脚步，面向田野，给山村增添美好和富裕。

蜂如斯人蜜如歌

□ 景 艳

　　武平有蜂，蜂如斯人；武平多蜜，蜜若歌声。
　　"养一箱蜜蜂吧，我相信，只要养一次，你就会喜欢它的，就像喜欢你自己。"在武平县石燎阁养蜂基地，一位过来求购蜜蜂的人一边让养蜂师傅帮他挑蜂，一边真诚地动员我也买一箱。"城市里不好养，倒是认养一箱蜜蜂比较靠谱。"站在那些写着编号和认养人姓名的蜂箱前，以为我彷徨于购买与认养之间，另一位买蜂人提出了他的建议。此时，一个蜂箱开启，瞬间，"嗡嗡"声大作，蜂群散开又聚拢，漫天飞舞似动漫王国里的伞兵。翅膀的高频振动，形成奇特的卡门涡街。那位叫钟小柳的便民服务中心主任刚提醒我要小心阴天蜂凶，我就猝不及防地被蜇了一下，眼瞧着指关节处快速红肿起来。紧接着，我的小拇指也被叮了一下，虽似没有剧烈痛感的"浅尝即止"，那小小的针也足以让我震撼。我知道，这是一只未名的小蜜蜂所付出的生命代价。我不免困惑：把会蜇人的蜜蜂当成宠物养究竟有什么乐趣呢？

那规划有序、排列整齐的蜂箱之间，处处可见五颜六色的与蜜蜂相关的物件和科普小牌子，就像来到一个神秘的蜜蜂王国，连那些山乌桕、野桂花、盐肤木、鸭脚木、山苍子仿佛都成了大自然为蜜蜂设计的专属花房，每一簇花枝都盛着一亲芳泽的诱惑。近距离观察蜂巢，一张张蜂牌紧挨着，还未飞起的蜜蜂熙熙攘攘，看上去杂乱无章的忙碌，却执行着最严格的分工和流程。保育、筑巢、采蜜，六角形的蜂房、黄色的蜜盖，从幼仔到昆虫，每个蜂箱里数以万计的蜜蜂有条不紊地成就着一生的追求——甜蜜地生存与幸福地繁衍。所有的辛劳隐藏在浓烈的蜜香背后。

谈到那些小小的生灵，基地负责人钟亮生眼角溢出的喜欢，不藏，也藏不住。他说，很多人都说蚂蚁与蜜蜂的习性与禀性有不少相似之处，然而，天壤之别在于境界。一个是毁堤筑洞的破坏，一个是倾其一生的创造奉献，如何相提并论？一挂晶莹剔透的橙黄，自蜜蜡上垂落，丝缕连绵，似断又续，凝脂般地，油光明亮，不知道经过了多少蜜蜂的采撷、搓揉与吐纳。平均寿命只有两三个月的工蜂，要采上千百朵以上的花才能获得一蜜囊的花蜜，约体重的一半。越是繁花盛开的时节，蜜蜂的工作量越大，寿命越短。至于那些分泌蜂王浆的蜜蜂，寿命甚至不及一个月。那些自开自落的花朵经过蜜蜂的呕心沥血，变成了对人体容易吸收的营养，那些苦的、杂的粉末经过它们的酝酿便会成为又香又甜的琼浆。据说，一匙蜂蜜便可为一只蜜蜂提供绕飞地球一周的能量。它们的索取微乎其微。"养其他的宠物大都需要每天喂食、陪伴、照顾，可是蜜蜂不一样，有事外出，完全不用操心。

十天半月，甚至更长时间回来，它们还好好地在那里，照样产蜂酿蜜。"疫情冲击之下，得益于蜜蜂的辛劳，钟亮生带领着梁野仙蜜养蜂专业合作社，凭借网络带货，度过了一段艰困的时期。

　　人类总爱设想，插上翅膀便有了自由的资本，然而蜜蜂的膜翅却镌刻着克己无私的忠诚。一个蜂群通常只有一只蜂王，一只蜂王一生只交配一次，之后便不断产卵，以余生担负整个族群的繁衍。雄蜂仿佛来这世间只为履行一次父亲的职责，绽放之后随即死去。工蜂则分不同的年龄段各司其职，哺王育幼，筑巢清理。外出寻找蜜源是蜂群中最危险的工作，往往由年老的工蜂担负，一个简单的"8"字舞蹈，传递的是百转千回的经历，哪怕生老病死，蜂王在，蜂群在。

　　一只蜜蜂一生只用一种形式采撷花蜜，它们的执着和生存紧密相连。微黄醇厚的蜂王浆被称作是蜜蜂的血液，但那是专供蜂王和王台蜂的，工蜂的幼仔只在刚生下来三四天之内可以吃到。当蜂群发展到足够强盛，需要分群的时候，老蜂王会带着部分工蜂出巢另寻他处，而把成熟的老巢留给新王，帮助新王渡过交接的危险期。倘若新王出了王台，老蜂王因受伤无法飞离旧巢，蜂群中也会出现罕见的"双王蜂"现象。为了延续家族的血脉，小小的蜜蜂竟懂得"相忍为国"。

　　武平县原本就有养蜂的传统，钟亮生的父亲就是一个养蜂人。但看在钟亮生的眼里，父辈的辛劳并没有换得他们应得的收获，一箱蜂一年往往就割出七八斤蜂蜜，武平的蜜源利用率达不到百分之一，那些土路子、旧路子始终没有蹚出个子午寅卯。那么，是什么时候什么契机，让一切开始出现新的拐点了呢？钟亮生说，武平县集体林权制度改革，不仅让生态出现了转机，也让人们的观念发生了变化。林木复苏，绿草繁花的催动，加上科技的加持，让小小的蜜蜂有了更大的用武之地。

因为林权改革而下岗的钟亮生，开启了事业的高光时刻。围绕着蜜蜂养殖和蜂蜜产品的开发，他抢先一步，搭上了武平驶向春天的火车头。他开创了"合作社+公司+基地+农户"的养蜂生产经营模式，用诚信整合蜂农抱团取暖，打通了一产二产三产的链路；他开办公司，联合农户，申请"武平蜂蜜"争取国家地理证明标志，让"石燎阁蜂蜜"成为福建省著名商标；他提出了"合作社+县残联+残疾人""三三制"融资帮扶创业的方式，牵头成立残疾人慈善基金会，让192户残疾人"残有所依"；他建档立卡采购站，帮助338户贫困户脱贫致富。是他，一边加强和福建农大等科研的合作，引进"土专家""田秀才""科技特派员"，不断开发新产品、探索新技术；一边自己亲上课堂，现身说法，培训教学。身为福建省人大代表的他，几乎每天都在抖音账号上发视频，传授养蜂知识，一件朴素的旧迷彩上衣和他那句习惯性的"大家好"，就像是标志性的招牌，数以万计的粉丝因为他而爱上了养蜂这样一个甜蜜的事业……

钟亮生在抖音中这样介绍自己："一名农村退伍军人，曾经扛过枪、打过工、上过班、经过商，现在扎根闽粤赣边从事蜜蜂养殖工作，正在续写'退出军营、创业三农'的曲折创业故事。从军营到地方，变的是身份，不变的是初心，不管身在何方，我永远记得，我曾经是一个兵！我要用所学的技术帮助更多的人就业致富。"在蜂巢内，有一种会"生热"的蜜蜂，它们通过肌肉运动产生热能,来保证幼虫孵化所需要的温度,并通过温度调节决定孵化出来的成虫类型,根据缺员调整蜜蜂的分工结构,维持蜂巢的稳定性。

像一只蜜蜂召唤一只蜜蜂,像一朵花蕊触碰一朵花蕊,像一条根脉拥抱另一条根脉。现如今,养蜂事业在武平县广泛地辐射开来,两千多户蜂农、数以万计的蜂箱、百万斤的蜂蜜产量、上千万的产值,让这座小小的县城四处流淌着蜜意浓情。5月20日,"世界蜜蜂日",武平县养蜂协会经中国养蜂协会的批准,在武平县作为"世界蜜蜂日"的第七个庆典分会场,承接了一系列庆祝活动,融入了中国·武平蜂产业高质量发展论坛的主题。"武平蜂蜜"对接世界,有了面向大海春暖花开的豪气。

"小小微躯能负重,器器薄翅会乘风。"告别山清水秀的梁野,却没有作别日新月异的武平。我能感觉到,一股看不见的力量正在推动一座城市的更新迭代,那是勤劳智慧的人们,更是静水流深的精神,是石寮阁基地里金光耀眼的荣誉证书,是武平县城露天广场上与民同乐的民间才艺展演,是兴贤坊梁山书院里的披红挂彩的故事会……无论完美与不完美,都体现着这座城市的精神风貌、价值观的崇尚与推广。如大地催生花朵,花朵召唤蜜蜂,蜜蜂反哺人类,在精神的家园里找到厚植的泥土,才能人才蜂至,事业如歌,生生不息。

"一鸡一果"彰显"武平味道"

□ 戎章榕

我爱吃鸡。有一回下乡采风，中午在乡镇食堂用餐，端上来一盘油光发亮、皮黄肉白、香气扑鼻的白斩鸡，我夹起一块送入口中，久违的味道！这是久居城市里人，难以吃到的土鸡美味，味蕾和肠胃瞬间就被沦陷了，不由得多吃了几块，给同行的文友留下笑柄，说我那天吃了24块鸡肉。文人嘛，总是喜欢夸张，闻之也就一笑而过。

退休后，我渐对客家文化产生了兴趣，多次应邀参加多地举办的客家文化活动，爱屋及乌，进而对口感偏重肥、咸、熟客家菜产生了偏好。客家菜就地理条件和物产而言，入馔的副食品以家养禽畜和山间野味为主，鸡是主打，小则可作家常菜，大则宴请客人不失脸面。

最先认识的是河田鸡。随着到访的地域扩大，我还品尝了宁化贡鸡、清远麻鸡、惠阳胡须鸡……除了鸡的品种，在用料、烹制方法上多有讲究，其味型以鲜咸醇厚见长，清淡脆嫩兼具，烹调方法精妙考究，花样翻新，有五指毛桃鸡、三杯鸡、姜酒鸡、猪肚包鸡、涮酒鸡、盐焗鸡……当我凭着记忆写下这些鸡的做法，已经馋得挠头，直咽口水。

癸卯兔年的暮春，我来到距离省城最远的县城——武平，一个纯客家县采风。我之前来过多次，距离最近的是2020年10月，参加客家文化（闽西）生态保护区研讨会，会上还被聘为生态保护实验区研究员。说来惭愧，作为鸡的饕餮者，我居然对禽中珍品——象洞鸡了解不多。因此，此行采风选题时，我报了象洞镇的两个物产：象洞鸡与黄金百香果，借此补补课。

当我随象洞镇宣委黄艳花驱车来到象洞镇，立马为眼前的景象所感叹，在崇山峻岭、山回路转的武平，居然有一块偌大的盆地，那可是典型的"高海拔盆地"，平均海拔469米，为全县海拔最高的乡镇。我对象洞镇的一副对联颇为赞赏："象行天下，洞天福地。"自古象洞就有"林木蓊郁""其地膏沃"一说，如今又以"一鸡一果"彰显"武平味道"，不由感叹：真是别有洞天、一方福地也。

将"一鸡一果"确立主导特色产业来之不易，是经历了阵痛。象洞镇原先是养猪重镇，而毗邻的象洞溪则是流经潮汕地区韩江的源头之一，为了流域环境生态安全，2015年痛下决心开展生猪养殖污染治理。镇党委书记童军裕在介绍情况时的一句话让我感动："当初上面要求将所有猪圈铲平不留后患，尽管有每平方米270元的猪圈拆除补助，但我们考虑到象洞人有养鸡传统，对猪圈只是去功能化，就将猪圈改造成鸡舍。"去功能化是实事求是的具体落实，是为老百姓转产转业留有后路，更是乡镇干部

百香果（李国潮 摄）

象洞鸡（练才秀 摄）

责任担当的体现！

象洞鸡家养有200多年的历史，但真正大发展是在2015年之后。短短几年工夫，象洞鸡年出栏由30万羽增至100万羽。同时，引进百香果一举成功，种植从百亩增长为5000亩。尽管"一鸡一果"是群众自发选择的结果，但是当地党委政府尊重群众意愿，因势利导，出台了《武平县2018—2020百香果和象洞鸡产业发展扶持政策》。"一鸡一果"如今已成为全镇农业的支柱产业，占农业总产值57%。更可喜的是，象洞溪流域2023年达到了二类水质标准。这真可谓是失之东隅，收之桑榆。

象洞鸡和百香果有两大卖点：一是入选金砖会晤国宴餐桌。2017年9月，金砖五国首脑相聚美丽的鹭岛，这是福建史上承办的最高规格、最高水平的国际大型会议。为做好接待工作，会务人员在食材的选用上层层把关极其苛刻。象洞鸡肉嫩味鲜，既不油腻也不柴硬；百香果"一果集百香，尝遍天下味"能够入选，不只是武平的荣光，而是国家的脸面。二是良好的生态养殖环境。福建省森林覆盖率66.8%，位居全国第一；武平县森林覆盖率79.7%，可能不是全省第一，但却是全省首个"中国天然氧吧"，故有"氧吧里的跑步鸡""氧吧里泡着长大的黄金果"之谓也。

"氧吧里泡着长大"的黄金果入选全省两个福建百香果特色农产品优势产区之一，具有"四高一特"：香气高、颜值高、营养价值高、可食率高，风味独特，甜度高达18以上。问及缘由，镇农技站的技术员小刘认为，主要是地理环境优势，既有光温丰富的大陆性气候特色，又有雨水充沛、空气湿润的海洋性气候特点；加上高海拔盆地小气候，日夜温差达8~15℃。同时，土壤肥沃，含有丰富的有机质，非常适合百香果生长。

好山好水出名产，人怕出名鸡也怕。伴随象洞鸡出名，社会上有人就传象洞鸡是河田鸡的外祖母。这是因为象洞鸡主要特征是：单冠，直立，冠体后端分裂成叉状，颌下长有放射状胡须，无肉髯或肉髯不明显。而河田鸡在鸡冠上亦有冠体后端分裂成叉状。对此，镇人大主席罗煜琦拿出一份材料，以正视听。1984年，省农业厅畜牧局委托厦门大学生物系对象洞鸡和河田鸡的细胞核进行分析鉴别，结果表明象洞鸡是一个新种。另外，由于惠阳胡须鸡颌下长有放射状胡须，那么象洞鸡是不是惠阳胡须鸡的变异呢？对此，镇畜牧兽医站的技术员老练则以亲历说法，2009年国家家禽专家三次莅临象洞进行考察，对象洞鸡体型外貌、繁殖性能等指标进行现场抽测，最终认定。2010年1月，农业部发布公告，武平象洞鸡经国家畜禽遗传资源委员会审定、鉴定，被正式列入国家畜禽遗传资源名录。

尘埃虽落定，但关于象洞鸡广告宣传却不绝于耳。有情调的有：都说世界最浪漫的事就是，我带上你，你带上钱，我们一起去吃武平象洞鸡。有打擦边球的：做鸡，我们是认真的！对此，老练则从正面解读，做，不只是饲养还有烹饪都是认真的，都是下功夫的，做出来鸡自然好吃。

"君问归期未有期，来盘地道象洞鸡。"象洞鸡已成为武平乡贤远走他乡的"舌尖上的乡愁"，不只是乡愁的慰藉，但凡逢年过节、红白喜事都是不可或缺的。正应了那句老话，不必每顿有肉，但绝不可过年无鸡。所谓地道，鸡要产自象洞的地界上，饲养期在240天以上，饲养方式是放养的，非放养的不好吃，故有想吃象洞鸡，预订前一天，白天是抓不到的，因为这种鸡擅长"跑、跳、飞、斗"。

那么，用几个关键词来概括象洞鸡的特色，我想可能有偏颇，但八九不离十。

香。鸡的花式做法有上百种吧，但象洞鸡的做法追求原汁原味，甚至不加一滴水，完全靠蒸时进入的水蒸气，随着蒸汽氤氲飘散，香气开始弥漫；干蒸鸡尚未装盘上桌，就形成芳香四溢、黏稠汤汁；迫不及待，我撕下鸡腿，蘸着鸡汁就是一大口，闭目含笑咀嚼，爆口的肉汁从嘴角渗出，浓郁的香气从鼻腔溢出。余味未尽，从此难戒其瘾。

甜。现代人评价食材新鲜上佳，往往会用一个字评价，这菜有点甜。这个甜不是人为的添加，而是本真的流露。如果说前面描述的狼吞虎咽是禁不起芳香的诱惑，那么当你细嚼品尝就会觉得有层次，就会出人意料地尝出甘甜。这是寻味体验，每一口都有一种惊喜感觉、一种意外发现。

嫩。我曾参观过圣农机械化养鸡场，40天出栏，羽翼未丰，直立困难，一天却要宰杀70万羽，这样的鸡肉嫩则嫩已，但嫩而寡味、一团肉泥。土鸡与洋鸡、放养与圈养，最大的区别之一在于鸡肉的紧实。象洞鸡鸡肉既紧实又鲜嫩，既有嚼劲又不塞牙。最主要的是有营养还有鸡味，这是检验一只好鸡的标准。

在中国十大名鸡排行榜中，只有清远麻鸡和河田鸡名列其中，尽管象洞鸡并未入列，却不容小觑，一如客家菜并未进入中国八大菜系之中，但它独有的风味却在中华美食中占据着重要的地位，尤其符合现代人"返璞归真"的观念，这正是客家菜在非客家地区火爆出圈的缘故。

在武平采风期间，餐桌上每天都有象洞鸡，或白斩，或煲汤，或盐焗，唯有离别午餐的那盘鸡特别有滋有味，皮爽肉滑、肥嫩鲜美。也许是火候掌握得好，也许是阉割后的公鸡（鸡公的肉质和口感会比原鸡鲜嫩加倍），但我自认为可能还是我对它有了了解。就像毛主席说的：想要知道梨子的滋味,就要亲口尝一尝。只是碍于与文友同桌，我不好意思多吃。为吃象洞鸡，我愿再赴武平县，届时大快朵颐、一饱口福吧！24块，太夸张了。10块？多乎哉，不多也！

第五辑

苏区风采

武平是块福地

□ 何 英

红四军的福地

走进延绵的武夷山脉最南端,武平深藏在闽粤赣边界的大山之中。

1929年,红四军从江西罗福嶂进入武平后,先是在大柏地打了大胜仗,后来又在长汀的长岭寨取得完胜,之后又三打龙岩、攻打漳州,从此实行了由被动到主动的战略性大转变。戎马倥偬的毛泽东,1930年深情地赞叹:"武平是块福地嘛。"

地处闽粤赣三省交界处的高书村,历史上称"黄沙村"。这里是"一脚踏三省"的地方。假如你有幸伫立山头,可以随着界碑的方向神游闽粤赣各地,遐想那飘忽在脑海里的万种风情。

青山在诉说,阳春三月万木葱茏的绿叶经大自然擦拭,纤尘不染,化为漫山滴翠的红色历史画卷,让人们的思绪穿越百年,来到当年战火纷飞的年代。

历史就这样选择了武平，掀开了红四军首次入闽后轰轰烈烈的历史。

时空穿越到1928年4月，毛泽东领导的秋收起义部队和朱德、陈毅率领的南昌起义部队在井冈山胜利会师，合编为中国工农红军第四军，在井冈山建立第一个革命根据地后，引起了国民党反动派的恐慌，先后组织了三次闽赣两省国民党军队的"会剿"。

翻开历史画卷，血染的历史告诉我们，1929年1月14日，毛泽东、朱德、陈毅率领的红四军主力冒着风雪严寒，下了井冈山。毛泽东曾这样描述：沿途都是无党无群众的地方，追兵五团紧随其后，反动民团助长声威，是为我军最困苦的时候。

红军长途奔袭，闽粤赣三省的敌人围追堵截，敌众我寡，红军疲于应付，一路打了四次败仗。最危险且惊心动魄的一次是1929年2月1日发生在寻乌吉潭镇圳下村和敌人的遭遇战。

那是一个险情四伏的夜晚，敌人突然袭击红军领导的驻地。朱德憨厚，被敌人误以为是炊事员，幸运逃脱。而朱德的妻子伍若兰为了掩护朱德而被敌人抓住了，十天之后被敌人杀害。毛泽东、贺子珍距敌人不到十米，侥幸脱离险境。陈毅已经被敌人抓住，紧急之中，他甩掉被敌人抓住的皮夹克，跑掉了。毛泽覃在战斗中负伤。这可谓是中共党史、军史上的"冰点"时刻！

2月2日凌晨，脱险的红四军转移到江西寻乌项山腹地的罗福嶂村。这个村，因"上头的村"属福建，"下头的村"也是隶属福建，群众戏称是"福中村"。红军在这里歇息了一天两晚。

2月3日上午，毛泽东在此地的仙师宫，主持召开连长以上的干部参加的红四军前委扩大会。2月4日凌晨，毛泽东得知敌情突至，为了迷惑敌人，也为了红四军将士们的暂歇，决定采取"围魏救赵"的策略，红军连夜撤离向武平进发，在黄沙乡农会主席黄善田与高埔村农会主席赖永强的引路下，悄悄于2月4日凌晨到达黄沙宿营。

红四军是从东边的石岩寨跋涉过来的。逶迤蜿蜒、铺满落叶的古驿道，留下了红四军的脚印。当时，征途劳顿的毛泽东曾经在石岩寨山崟一个小小的石洞中稍作休息。如今，这个石洞被群众称之为"主席洞"。

当时，群众不知真情，听说有大军过境以为是国民党军阀部队来了，全都躲到山里去了。

上午10时左右，朱德站在黄沙村赖氏宗祠门前，发表演讲，亲切地说：红军是劳动人民的队伍，是为了解放人民打倒国民党反动派而来的，乡亲们上山去叫家人回来。

老百姓一传十、十传百地纷纷回村听他的演讲，一直持续到中午12点。

午饭后红军撤离。途经横奋凹茶亭时，先头部队遭到当地反动民团头子钟文才部的突然伏击，十多位红军战士中弹牺牲。红军奋起反击，钟文才率领残部仓皇逃跑。面对战友的不幸牺牲，红军在茶亭的柱子上写下了悲愤的诗句："横奋横奋，使我悲愤，痛恨敌军，乘我不备，遭敌伏击，死伤兄弟，握紧双拳，心中流泪，他日遭遇，定还十倍。"此后，当地百姓就称这里为"杀人凹"。

红四军冒着大雨在闽赣边界与敌人迂回后，按照计划进入江西会昌。

2月9日农历除夕，红四军进入瑞金附近的大柏地设下埋伏，把敌人引进伏击圈打了一次大胜仗。这是红四军从井冈山下来、进入武平后又折回瑞金的第一次胜仗。在这次激战中，毛泽东亲自端起枪上战场，和警卫排一起冲向敌阵。在百年的党史、军史中，这是唯一的一次！

历史不会忘记，1930年6月红四军在长汀整编，武平的张涤心和练维龙到长汀接受红四军整编的授旗仪式，毛泽东在接见他们时深情地说：一年前我们两次进出武平，有了大柏地的伏击胜利和长汀城的解放，武平是一块福地嘛。

今天的我们，探寻这片红色的土地，可惜的是历史的尘埃淹没了当年毛泽东入住的茅屋。但是，历史在这里留下了开国少将王直将军的亲笔题词："红四军入闽第一村黄沙（高书）。"当年的他，"红小鬼班"的小战士，历史的风沙无法褪色的是，他的班长林琳就是民主乡林荣村人，他们情同手足十分投缘。1936年，林琳在长汀的涂坊战斗中壮烈牺牲，为了纪念这位战友，王直将军特地题了这幅字，并写了回忆录《少年英雄林琳》。

如今，将军虽然远去，但他那粗犷、刚劲的笔迹，却给后人留下无可争辩、让今天的我们深受教育的光荣革命史的铁证。

我们走进武平，还了解到，五四运动后，武平籍进步青年接受马克思主义学说，积极参加社会主义青年团和中国共产党后，受组织派遣或利用假期回乡开展革命实践活动的足迹；

1929年中共"闽西一大"前后在象洞、上坑、小澜等区、乡领导农民武装暴动，建立区、乡苏维埃政权和地方武装的红色革命史；

1930年6月，毛泽东、朱德等率红四军主力再进驻武平县城，毛泽东在驻地梁山书院主持召开了苏区干部、社会各阶层代表、妇女代表等各类型座谈会，开展调查武平的社会情况，红四军政治部发布《告武平劳苦群众书》，象洞成为"二十年红旗不倒"之乡的革命史，走出了被誉为"共和国空军之父"的新中国首任空军司令员、上将刘亚楼等等。

朋友们，来吧！在这里，遍地散满了红色遗珍，期待着你来采撷。

不负青山

走进2630平方千米的武平，顷刻让人淹没在绿色的海洋之中。森林覆盖率79.7%的武平，是"全国林改第一县"。漫步苍茫的绿海，那醉人的绿冲撞着脑海中"绿色的福地"。

带你行走在中山河国家湿地公园，千湖星布，鹭鸟蹁跹。这里是"林中湿地，白鹭天堂"，美丽的画卷让人流连忘返。

在这里，"山水林田湖草是生命共同体"，处处是迎接嘉宾的"生态会客厅"。假如有幸身临其中，让人感觉在苍茫的林海中，悠闲地端坐在天然的浴盆里。

据专家介绍，这里的湿地公园两岸是典型的地带性常绿阔叶林、水岸竹林等，形成了稳定的"湿地-森林复合生态系统"，在我国中亚热带山地盆谷地区具有典型性。园内野生动植物资源丰富，分布有维管植物193科515属823种、野生脊椎动物32目94科

红四军入闽第一村（练才秀 摄）

297种，具有重要的保护与科研价值。

转身其中的我们，那翩翩飞舞的白鹭、苍鹭、夜鹭、池鹭等鹭科鸟类，似乎专为我们起舞。

瞧，那自然界"唯一不吃鱼"的牛背鹭飞来了，还有那会游泳的黑水鸡、细纹颔须鮈和人们想不起名称的野鸟禽，让人们伫立惊目，忘了归途。

绿水青山就是金山银山。当我们亲近武平，在苍茫的绿海中感受到的是村民从林改中享受到的真正实惠。在这里，不仅赋予了武平的领导和群众敢为人先的理念，还体验到了探索、体验并享受着绿水青山这金山银山带来的社会发展。

眺望四野，青山滚滚，气势磅礴中，又让人们感觉那山、那景风情万种，颇有"拔地青苍五千仞，劳渠蟠屈小诗中"的诗意。

都说"人不负青山，青山定不负人"，在武平，处处能感同身受地体会到村民在"林改定民心"的实践和探索中，"花卉乡村""水果园地""养殖基地"的深情呼唤，在那星罗棋布的林下经济中的翠松苍苍、鸟鸣啾啾、鲜花斗艳，还有那万物生辉的景象中，深深地享受着大自然绿海中赋予人类的诗和那极目的远方！

武平，果真是块福地。

将军故里行

□ 邱云安

春风澹荡，日光暄暖。我从武平县城驱车一个半小时即到了汀江在武平境内唯一奔流而过的湘店镇，这里是开国上将、"共和国空军之父"刘亚楼将军的故乡，是一块写满了红色故事的沃土。正是莺飞草长的四月，万物葳蕤，春意盎然，油桐花开如雪，勾勒出一幅人间最美四月天的醉人风景画。

刘亚楼将军故居在湘店湘洋村有两处，分出生地和成长地。

苍山翠柏、青山秀水掩映下的刘亚楼将军故居，是国家AAA级旅游景区、福建省级文物保护单位。穿过刘亚楼将军广场，广场一块巨石上雕刻有"飞将军"3个大字。走过水泥铺就的小径，轻轻推开那扇虚掩的门，在翠树掩映的故居前肃立，瞻仰，一代伟人的生平会让你热血沸腾。刘亚楼将军故居（出生地）始建于清朝嘉庆年间，距今有200多年的历史。面朝古木苍翠的笔架山，背靠半月形山峦，山清水秀，风光旖旎。外边是一个弓箭状的半月形池塘，与背靠的半月形山峦组成一轮圆月，浑然天成，相得益彰，鱼儿嬉戏碧水，垂柳摇曳微波，好一幅恬静的风景画。荷花盛开的季节，池塘里荷花盛开,微风吹过，飘来阵阵花香，为故居增辉添色。

故居整体以青瓦白墙、砖木结构搭建为主，没有过多的建筑修饰，素净典雅的气质就像刘亚楼将军一样不凡。刘亚楼将军故居为砖木结构、悬山顶四合院平房，坐北朝南，由上下厅、左右厢房和东西护厝组成。二进三开间，有上、下厅，左右厢房，带东、西护厝。面阔24.19米、进深16.51米，占地面积400余平方米，建筑面积约200平方米。上厅中间，悬挂着一张将军1955年授衔时的画像，将军胸前佩戴了3枚勋章：1枚八一勋章、1枚独立自由勋章、1枚解放勋章。从这张画像中大家可以看到当年将军的英姿。

3间小平房连成一体，中间是客厅兼餐厅，左边是卧室，右边是厨房，总面积不足40平方米，足见将军生父一家当时的生活贫苦。

虽然桌椅陈旧，门窗木梯斑驳，但故居却十分整洁有序，每一位前来瞻仰的人，都恭恭敬敬地在这里追忆将军往昔的光辉事迹。

刘亚楼将军故居（成长地）距他的出生地仅隔百米。刘亚楼出生时取名刘兴昌，他出生不久因母亲去世就抱养给刘德香，从此改名为刘振东。这是一座建于清代的宅子，一家人就居住于刘氏众厅左厢房，后来刘德香在众厅旁修建了一幢土木结构的房子。将军出生的地方叫"上月形"，成长的地方叫"下月形"，上下月形合成一轮圆月，可以说是天作之合了。

一楼墙上悬挂着将军及夫人翟云英女士的照片。二楼是将军与养父的卧室，外面的小厅墙上还有毛主席语录。

从刘亚楼红色文化教育中心出发，几分钟就到了空军主题公园，只见碧草如茵，鸟语声脆，在这里散步健身的村民笑靥如花。空军主题公园占地面积50余亩，分山体公园和公园广场。公园广场有刘亚楼将军夫人翟云英亲自题写的"空军主题公园"纪念石碑、游客服务中心、停车场、空军主题墙、空军福州基地捐赠的战斗机模型等。

刘亚楼将军一生南征北战、叱咤风云、决胜千里，堪称一代英豪，是中国人民解放军杰出的睿智名将，为中华人民共和国的建立和人民空军的建设做出了卓越的贡献。

在大多数人的印象里，刘亚楼上将是一位武将。其实，他能文善武、情趣高雅，素有"能歌善舞文司令"之称，是一位具有综合才华的文武全才。他对空政文工团的工作非常重视。他曾说："我有两支部队，一支是几十万的作战部队，一支是五百人的文工团。"曾任空军总司令的刘亚楼，在20世纪50年代的讲话中，描绘出文工团这一非战斗单位在他心目中的分量。

刘亚楼对文艺的喜好和看重，早在红军时期就已显山露水。他的部队有不少文艺人才，他对这些文艺人才特别爱护。新中国成立后，刘亚楼多次亲自指挥文工团工作。

1958年，在全军第一届文艺汇演中，刘亚楼发现空军文工团力量分散、水平低、获奖节目最少，于是决定将各军区空军文工团撤销，把全空军文工团的精华主力，集中到北京，扩大组建为中国人民解放军空政文工总团，下设歌剧团、歌舞团、话剧团和

将军广场（李国潮 摄）

军乐队，共计500余人。之后从创作到排练，刘亚楼多次督阵。

1960年，在朝鲜访问的刘亚楼观看了朝鲜《三千里江山》的演出，受到了强烈震撼：为什么我们国家不能有一台这样的节目呢？回国后，刘亚楼将自己的设想告诉了空政文工团副团长张双虎，希望可以看到一台中国版的《三千里江山》，他还告诉主创人员，不想听到新创作出来的音乐作品，所有的革命歌曲一定是要采集来的原汁原味的。一年后的建军节，这台让刘亚楼念念不忘的晚会，以《革命历史歌曲表演唱》的名义在北京首演，8天时间观众达到2.2万人次。《西江月·井冈山》《八月桂花遍地开》《十送红军》一时传唱。刘亚楼高兴地说："我们空军的全体常委请你们吃饭，祝贺演出成功。"此后的大型音乐舞蹈史诗《东方红》就是在《革命历史歌曲表演唱》的基础上创作排演出来的。

轰动全国的歌剧《江姐》，是空军司令员刘亚楼上将亲自指导完成的。1962年，创作员阎肃从小说《红岩》里抽出江姐故事，编成歌剧脚本，呈交刘亚楼将军。将军一口气看完阎肃的稿本，连声叫好，指示说："要精雕细刻，一炮打响。"在刘亚楼将军支持下，阎肃怀揣剧本，和编导人员几下四川，多次采访小说《红岩》的作者罗广斌和杨益言，并与江姐原型江竹筠烈士的20多名亲属和战友座谈。经数十稿修改，形成了7场大型歌剧《江姐》剧本。

1963年5月，刘亚楼在空军文艺创作会议上做了关于国际形势、空军形势的报告，提出了空军文艺工作的根本任务，指出："毛主席说没有文化的军队是愚蠢的军队，我们不能只搞武装，也要搞文化。"会后不久，他亲自定下了《江姐》《女飞行员》等重头戏，并让空政副主任王静敏具体组织，表示：虽然国家还很困难，但要保证文工团员的营养。在那个年代，部队文工团靠一台晚会奠定政治声望的故事，并不鲜见。也正是靠一场场精彩的文艺演出，文工团成为当时部队抓政治工作的有力工具。

刘亚楼认为，政治工作和军事工作同等重要，而文艺工作在政治工作中尤为重要，好的文艺作品可以起到春风化雨的作用。正是刘亚楼对文艺工作的重视，文工团成为当时意识形态声势浩大的宣传工具，在新中国文艺史上留下了不可磨灭的功勋。

2019年5月，我调任武平县文联主席。一个大胆的想法在我的脑海里产生：成立刘亚楼文学院，一是填补我县没有文学院的空白；二是打好刘亚楼上将对文艺事业突出贡献的名片，时刻提醒文艺工作者牢记将军光辉的一生，深切缅怀老一辈革命家的丰功伟绩。

说干就干，我立即向县委县政府请示。时任县委书记陈厦生、县长廖卓文很重视，批转给县委编办办理。在取得县委县政府领导大力支持后，我马不停蹄，多方协调，一方面，我积极争取县委编办的支持；另一方面，我又多方打听刘亚楼上将儿子刘煜奋什么时候来武平。县政协主席王云川得知这一情况后，十分热心，积极牵线搭桥。在他的帮助下，9月中旬，刘煜奋夫妇到武平，袁静部长和我一起向刘煜奋夫妇汇报了成立刘亚楼文学院一事，并征求刘煜奋夫妇意见。刘煜奋夫妇很高兴，当场同意以其父亲刘亚楼名字冠名文学院。

县委编办批复很快下来了，同意成立刘亚楼文学院，为县文联下属全额拨款事业单位。

　　2019年12月12日，刘亚楼文学院在共和国第一任空军司令员刘亚楼上将的家乡——武平县正式挂牌成立。这是武平县做好刘亚楼上将文章，巧打刘亚楼上将名片，也是武平县文艺界纪念刘亚楼上将对新中国文艺事业做出突出贡献的创新之举。

　　漫步将军故里，只见溪水澄碧，新房高耸，村民全都脱贫致富，过上了小康生活，老有所养、老有所乐，一幅乡村振兴、幸福新农村的美丽画卷铺展在眼前，心情无比的振奋。

　　离开故居时，我看见一批参加红色研学的学生在故居前合影留念。同学们怀着无比崇敬的心情，缅怀将军丰功伟绩，接受红色文化洗礼。他们眼中有光，一个个充满自信和活力；他们青春的眉宇间，流溢出满满的自豪和幸福。

血染的风采

□ 黄文山

小车驶离武平县城，一路向北。地势越来越高，路两旁的树木也越来越茂密。山的清幽渐次展开。山野里的空气十分清新，于是司机索性打开车窗，顿时扑进一片啁哳的鸟啼，隔着溪涧，可以看到对面大山闲闲地挂下来几折瀑布。那些瀑布的流姿都十分优美，却毫不喧嚣，像是一群素雅的隐者，借大山为衬托，即兴起舞，于草野间释放自己的感情，而在不经意中成为一道让人难忘的风景。

我们要去的地方是大禾镇。大禾的得名颇有意思，这里是蓝姓居民的聚居地。相传其开基始祖蓝君厚工于农耕，他种出的水稻禾秆粗壮、稻穗饱满、且年年丰收、远近闻名。村庄遂以大禾命名。大禾位于武夷山南段东麓的桃溪河上游河谷盆地，北与长汀、西与江西会昌接壤。在土地革命战争时期，这里是中央苏区的一个基点乡。红军多支部队曾在大禾驻防和经过。

1932年毛泽东和朱德同志指挥红军东路军取得漳州战役的重

丰碑（李国潮 摄）

大胜利，在回师赣南的途中，毛泽东亲率东路军指挥部和红四军一部在大禾驻扎休整。当部队抵达大禾圩时，当地民团武装蓝启光部凭借坚固的土围子对红军进行阻击。红四军军长王良上山侦察敌情，遭冷枪袭击，不幸牺牲。毛泽东十分悲痛。王良是秋收起义后跟随毛泽东同志一块上井冈山的战友，也是红军中的一员虎将。在毛泽东诗词里，就有两首词写到王良将军的战绩。一首是《西江月·井冈山》："……黄洋界上炮声隆，报道敌军宵遁。"写的就是王良在指挥黄洋界保卫战中，以一门迫击炮击退敌军进攻的英雄事迹。另一首《渔家傲·反第一次大围剿》："……雾满龙冈千嶂暗，齐声唤，前头捉了张辉瓒。"赞扬王良率领红十师与兄弟部队一块在龙岗设伏，并活捉敌师长张辉瓒。为表彰王良和红十师的卓越表现，红一方面军总司令朱德和政委毛泽东决定，将缴获的张辉瓒的怀表和钢笔奖给王良。1932年3月，王良升任红一军团第四军军长，作为红军东征主力部队参加了漳州战役。他率领的红四军作战勇敢，所向披靡，被漳州人民誉为"铁四军"。

我们在大禾中学的校园里，看到一尊王良将军的骑马雕像。王良策马而立，目视前方，神采奕奕。学校设有王良将军纪念馆，介绍这位战功卓著的红军将领的生平事迹，让莘莘学子记住一段血染的峥嵘岁月，激励他们像当年红军战士一样，攻坚克难，一往无前。

校园周边环境很好，群山绵延、绿意葱茏。绿色是大禾的原色，但绿色的大禾还镌刻着一段难以忘怀的红色往事。

1934年夏秋之际，中央红军在第五次反"围剿"作战中失利，被迫撤出苏区，作战略转移。长汀松毛岭是红军长征前的最后战场，松毛岭保卫战，持续了七天七夜。《长汀县志》记载："是役双方死亡枕藉，尸遍山野，战事之剧，空前未有。"作战期间，红九军团接到中革委命令，迅速撤出战斗，跟随中央红军踏上西行征程。此时坚守在松毛岭阵地上的只有红二十四师等福建地方武装。战斗愈加惨烈。为掩护中央红军顺利转移，福建子弟兵组织了多场阻击战，消灭了一部分国民党军的有生力量，自己也付出了重大牺牲。

原福建省委书记刘少奇在红军长征前夕在长汀召开会议，做出"以四都山区为中心建立游击根据地"的部署。苏区中央局并任命万永诚为福建省委书记兼省军区政委，吴必先为福建省苏维埃政府主席，龙腾云为省军区司令员，于红军主力撤离后，领导地方武装在武夷山区继续坚持游击战争。

万永诚是江西赣州人，1898年出生，年轻时在上海纱厂当工人，北伐战争时期加入中国共产党，参加过上海三次工人武装起义。1927年他赴苏联，入莫斯科大学中国军事政治特别班学习，1930年回国，1931年任赣东北省委书记。次年任闽浙赣省委书记兼新十军政委，1934年受命接替刘少奇担任福建省委书记兼福建省军区政委。出生于1907年的龙腾云是广西百色人，1928年加入中国共产党，1929年参加百色起义，并加入中国工农红军。1931年他随军进入中央革命根据地，1934年任新十军参谋长，成为万永诚的助手和搭档。两人意气相投，在工作上配合也十分默契。万永诚是一位信仰坚定的革命者，但也是一位令人痛惜的悲剧英雄。在赣东北时，万永诚指挥的新十军盲目贯彻执行临时中央做出的以阵地战代替游击战和运动战的战略指导，"御敌于国门之外"，致使红军和根据地受到严重损失。而在红军长征后，留在闽西坚持斗争时他仍秉持临时中央"保卫苏区，等待主力回头"的方针，指挥留守的红军与国民党军队死拼硬打，在强敌面前节节后退。11月，长汀县城被攻陷。福建省委、省苏、省军区等单位共计4000多人进入四都山区。12月，国民党东路军返回闽西，加大了对苏区根据地的"清剿"力度。国民党军队经江西会昌至长汀在各处要隘构筑碉堡，切断交通，从而将苏区分割成若干小块，再分区"清剿"。红军在与数倍于己的敌人激战中，损失过半。军区所属部队全部被击散。面对敌人的层层包围和凶猛进攻，省委机关在四都山区已无法立足，被迫转移。1935年

4月，万永诚在腊口召开省委紧急会议，将剩余部队和机关人员编成三支分队，从三个方向分别突围。其中万永诚、龙腾云率领一支分队向武平方向突围，一路辗转来到大禾。据上湖战斗的幸存者、时任福建省军区政治保卫局特派员林攀阶生前介绍，部队转移到上湖时，尖兵侦察到村里没有敌情，于是决定大部队进村庄休息、埋锅煮饭。不料，部队一开入上湖村，即遭到敌八十三师和钟绍葵保安团的伏击。由于敌人抢先占领制高点，红军仓促应战，形势十分被动。军区司令部设在邓家祠堂，同时这里也是战时救护所，不断有受伤的战士被抬进祠堂。敌人居高临下，用机枪疯狂扫射，而后从三个方向冲进村子。红军伤亡严重，子弹也打光了。万永诚下令突围。由于下了好几天雨，山道上又湿又滑，突围的红军一个接一个在敌人的枪声中倒下。

战斗持续了三天三夜。红军战士除了少数受伤被俘外，大部分壮烈牺牲，他们中就有时任省委书记万永诚、军区司令员龙腾云、参谋长游端轩。战斗过后，村里的群众含着泪将红军烈士们的尸体用谷席子包裹抬上山，埋在村后的上禾地。此后80多年间，上湖村的群众在每年的清明节和中秋节，都会自备三牲、鞭炮、香烛到红军埋葬地祭奠烈士英灵。

数百红军将士面对强敌，英勇不屈，用自己的生命和热血谱写了一曲悲壮的英雄浩歌。同时，这又是一页沉重的难以翻开的历史，里面写着忠诚、信念，还有血染的教训。

就在烈士牺牲的地方，2015年建起了一座烈士陵园。219级台阶正无声地告诉着人们，在这里长眠着219位红军烈士。一座13.3米高的纪念墓碑如同一柄巨剑直指苍穹，彰显红军烈士义薄云天的革命精神。墓碑左侧墙上镌刻着万永诚、龙腾云、吴必先等烈士雕像，右侧则为纪念碑记和红军群雕。

万永诚戴着一副眼镜，脸上现出淡淡的微笑，那是对革命胜利的憧憬。而龙腾云牺牲时只有27岁，年轻的面庞充满朝气。他们为了理想英勇献身，现在就静静地躺在这个远离故乡的小山村里。看着他们，我的脑海里不由地浮上这样一首诗："男儿立志出乡关，报答国家哪肯还。埋骨岂须桑梓地，人间到处有青山。"

大禾是武平县的重要林区，不仅风光秀美，植被丰富，鸟类种群繁多，而且这里还有珍贵的百亩格氏栲古树群落和格氏栲福建树王，吸引着游人寻幽探胜的脚步。

那是武北大禾独特的风景，在一片浓绿之中，闪耀着殷红的血色，让人不能释怀。

风雷激荡的象洞岁月

□ 杨国栋

一

乌云翻卷、风雨飘摇、遮天蔽日、高空暗淡的1927年10月，中共武平特别支部拨开乌云见太阳，在武平县成立，全县党员共12人。罗家祠——象洞联坊村，如今在镇政府对面，距离派出所几十米处的侧边墙体上，还保留有当年朱德所率领的中国工农红军书写的红色革命标语口号。

哪里有压迫，哪里就有反抗。

20世纪初的武平，人们赖以生存的土地，85%集中在少数地主富农手中，占人口85%的农民仅拥有土地15%，百姓生活在水深火热之中，当时的一首民谣"穷人最着恶"，就是当时社会现状的真实生动反映："月光光，光烁烁，吃么吃，着么着，富人富上天，穷人最着恶。"武平人民受尽地主阶级的残酷剥削和压迫，纷纷举行反抗，斗争中渴望有党组织的领导，这为中共武平临时县委的成立提供了良好的阶级基础和群众基础。

1927年10月下旬，八一南昌起义军进抵武平，开展了系列革命活动，并进驻象洞，在当地镇压了恶霸练文熙，强力打击了当地的反动势力。起义军的到来，对武平的革命斗争产生重大影响，极大地鼓舞了武平人民的革命热情，有力推动和促进了武平党组织的建立和发展。

1927年12月，张涤心、练文澜等人分别在武北、武南成立铁血团。年轻的刘亚楼（开国上将）就是铁血团最为重要的骨干。穷人们采取结拜兄弟的形式，烧高香点蜡烛，斩鸡头喝血酒，对天发誓支持并参加红色革命的斗争；继而在武平各地党组织的领导下，出现了轰轰烈烈的革命斗争形势，革命活动此起彼伏，以铁血团、农会农民为主要力量，开展抗租、抗税、抗捐等革命斗争，取得重大胜利。

那些阳光灿烂的日子，象洞地区在中共特别支部的领导下，发展了农会会员近百名，成立了农民协会，练宝桢任主任。几乎在这同一时间，在上级党组织的关怀下，成立了洋贝党支部，练林贤为书记，同时发展成立党组织的还有东寨、岗背党支部。

邓子恢于1928年3月领导后田暴动后不久，调任中共上杭县委宣传部部长。6月26日，邓子恢第一次秘密来到武平象洞指导工作，住在洋贝村贫农练步章家里。

邓子恢在象洞的几天中，了解党组织在象洞的工作情况，帮助象洞组织发展农会及党团组织；抓住时机做好访贫问苦工作，了解民情；向贫苦农民宣传革命道理，号召农民提高觉悟，举行暴动。邓子恢还采取白天编写革命歌谣，晚上召集有关人员开会，传达上级党组织的指示精神，传播武装夺取政权的马列主义观点等做法，短时间内不但建立起中共象洞区革命委员会，而且在象洞乡方圆15千米的十几个村落，纷纷建立起农会组织。邓子恢的到来，对象洞地区乃至武平全县的革命斗争，起到了积极的推动促进作用。

1928年冬天，包括象洞村在内的武平广大地区，快慰愉悦地迎来了全县各地党员代表大会的秘密召开，继而成立了中共武平临时县委，从此吹响了武平革命的嘹亮战斗号角，点燃了武平革命的熊熊烈火。斗争在这里光耀亮相，胜利从这里开始起步。

中共武平特别支部派蓝维仁、练灿华以吊木偶戏为掩护到武北一带工作；练文澜到中堡暗门岭联络和尚冠秀全准备建立交通站，开展武东一带工作；蓝为龙到六甲与朱发古联络；陈丹林到武西地区的上坑、上峰一带联络江西寻乌农民起义后转辗而来的同志。从此，武平的革命形势迅速发展，同年冬，全县农会会员发展到300多人，党员35人。

二

为了推动武平革命活动的发展，中共福建临时省委、闽西特委相继派员到武平指导工作，为中共武平临时县委的建立发展提供了坚强有力的组织保证。1928年初，练文澜在洋贝乡养正书室召开秘密会议，成立武平第一个基层党支部——洋贝支部（亦称"林贤支部"），练林贤任支部书记。尔后官坑、连坊等支部相继建立，继而又成立中共象洞区委，陈丹林任区委书记。应当说，这时的象洞，已然成为中共武平最为重要的红色革命根据地。

1928年冬天，北风呼啸，山川凛冽，寒潮飘飞，在中共闽西临时特委指导下，全县党员代表在象洞光彩村张天堂陈氏祠堂召开大会，宣布成立中共武平临时县委，隶属中共闽西临时特委领导，下辖中共象洞区委。书记练文澜，委员张涤心、练宝桢、陈一、蓝为龙。

三

风景如画的白水寨位于闽粤赣三省交界的武平县象洞镇万亩森林中央。这里的山谷溪流、瀑布水库、湿地竹林、峡谷耕地、古木藤萝、南方红豆杉等，长期以来成为游人和树木植物专家光顾的首选之地。白水寨与仙女湖动人心魄的传说，满溢着言说不尽的柔情蜜意，给无数造访者留下了无法忘怀的想象空间，也是融合红色、绿色、蓝色文化绵延向前的自然动力。

1929年6月，中共武平临时县委改为"中共武平县委"，领导成员不变。此时全县有党支部8个，党员发展到100多人。中共武平县委成立后，成为武平革命斗争的战斗堡垒、领导核心、中流砥柱，武平的革命斗争有了统一的组织领导，进入了轰轰烈烈、蓬勃发展的历史新阶段。

练文澜是象洞洋贝村人，1926年在中学读书时加入中国共产党，是早期武平革命的领导人之一。他曾经被敌人列为通缉对象，却机智勇敢地化装出城回到象洞。1927年10月，朱德和陈毅率领的南昌起义部队余部2000多人进入武平，练文澜积极组织筹集粮食支持起义军。数日后又与从上杭来的何长工接头，并陪同中央代表追赶起义军，不料被土匪洗劫，不得已返回武平。

1929年春天青黄不接之际，练文澜组织农民开展"闹尝救荒"斗争，深受群众拥护。7月，练文澜出席了中共闽西第一次代表大会，被选为中共闽西特委执委。

9月7日，练文澜组织参与象洞农民武装暴动，取得胜利后被调回闽西特委工作。在这个时期，练文澜回到武平开展革命活动，象洞的革命形势得到很大的发展进步，仅几个月时间就恢复了洋贝、官坑、光采等农民协会。随后，练文澜等人又在象洞发展练宝桢、练灿华、练步章、练添淦、练灿明、练世桢等为中共党员。同年冬天，在象洞张天堂召开会议，又重新成立被破坏的中共武平临时县委，练宝桢被选为县委委员。

1930年1月，练文澜参与了陶铸领导的厦门破狱战斗，营救了48位同志。其后，练文澜被人告密而被国民党抓捕，被判死刑，又因十九路军反蒋而成立福建人民政府，释放政治犯，练文澜逃过一劫。

练宝桢1906年出生于武平县象洞洋贝村的一户农民家庭，12岁进村里的私塾求学。1924年夏，练宝桢小学毕业考入厦门集美学校师范部。他一踏进师范部校门，就受到革命新思想的熏陶，逐渐结识了林心尧、卢肇西和本县的陈培英、钟武等革命活动分子，经常阅读《新青年》《星》《周报》等传播马列主义和宣传进步思想的刊物，政治思想觉悟得到极大的提高。

1927年7月，练宝桢从集美学校师范部毕业，回到家乡象洞开展革命活动。其时，原有的农会等革命组织已被迫停止活动。

练宝桢深入各村农户，动员原农会干部重新振作精神，分头和苦难较深的贫农接触，鼓动他们起来参加革命斗争。不久，上级指示练宝桢在象洞以宏远学校教员身份作掩护，秘密联系同志，宣传发动群众开展斗争，局面逐步打开，宏远学校成了革命活动的据点。平时，练宝桢在学校里也经常向一些年龄较大的贫苦学生宣传革命道理，鼓励他们起来参加革命活动，成了学校最受人尊敬的一位教师。他还以家访为名，深入贫农家里与他们促膝谈心，想方设法帮助群众解决困难，很快成了广大贫苦群众的贴心人。后来他成为象洞暴动的总指挥。

练宝桢还曾经担任洋贝分会的负责人。同年10月，朱德、陈毅等率领南昌起义保存下来的部队从峰市进入象洞。练宝桢等连夜和朱德取得联系，借起义军的枪杀死土霸练文熙，让广大贫苦群众充分认识到革命成功的威力。

为了配合毛泽东和朱德领导的红四军主力进入武平，中共武平县委先后领导武平人民发动了声势浩大的象洞暴动、上杭暴动和小澜暴动。象洞暴动的总指挥练宝桢，打响了武平农民反抗国民党反动派的第一枪，为红四军攻克"铁上杭"扫清了南大门的障碍，暴动后成立象洞区革命委员会，练宝桢任主席。

1929年10月，中共武平第一次代表大会选举产生了新的县委。陈一任书记。同月召开县第一次工农兵代表大会，成立了县苏维埃政府，选举练宝桢为主席。

1929至1934年间，武平先后建立了20个区、170多个乡苏维埃政府，成为闽西"20年红旗不倒"的又一个典范，永载史册！

走进理想圣地

□ 陈彩琼

如果你心中有一抹纯净无瑕的绿，这种绿梦幻、豪情、神秘、温情，那么武平县民主乡的高山草甸便可满足你梦想中的绿意。

春到人间草木知，当夕阳的余晖撒落在这片高山草甸上，晚霞映射出多彩的光线，绿色的草丝丝缕缕牵伴着那抹温情的光，柔柔地织就了七彩的光圈。这里，坐落于民主乡坪畲村，是海拔1300米的高山，武平人称它为"黄草山"。由于草甸遍布，也被人们誉为"高山草甸"。

这座草甸上没有植物，漫山遍野的绿草，像是大地母亲给自己的孩子盖上了一层绿毯，轻抚着她在大地上休憩。此时，如果你想在这里放松自己的身心，用心与自己的心灵对话，只需躺在这柔软的阳光草地上，你便觉一身轻松。仰望那天空中的白云，似乎就近在眼前，伸手便可触摸。躺在这草地上，看白云从左边移动到右边，看那云朵变幻成各式各样的模样在草甸上空流转，你便觉不须此行。起身眺望远方，一群金色的黄牛低头在草地上悠闲踱步，在天地间犹如童话中走出来的精灵，构成了一幅生动有趣的画面。

高山草甸的夜里，深蓝色的天空悬挂着星星，似一双双灵动的双眼，你会发现原来你离天空这么近，又那么远。似乎手可摘星辰；又似走进了宇宙的空间，无穷大的空间里，你会感觉自己不过是宇宙的一粒尘埃，渺小至极，自己的心胸也开阔了。每当天气晴朗的夜晚，总有各式各样的帐篷点缀在这高山草甸上，人们渴望与大自然亲近，渴望从自然中获取生命的力量。大自然有一双神奇的双手，抚平了人们在生活中的创伤，给予人精神力量。大自然的美，滋养着人类的心灵，让真诚、善良、美好填充于心间，润物细无声。

从高山草甸顶上眺望远方，你可看见一个"红色"的村庄，这里便是民主乡高书村。这个村古时叫"黄沙乡"，新中国成立后改名为"高书村"，是"红四军入闽第一村"。据党史记载，1929年2月4日，毛泽东、朱德、陈毅率领红四军主力，从江西寻乌罗福嶂首次进入高书村，这里从而成为"红四军入闽第一村"。在高书村，朱德在赖屋祠堂召开群众大会，发布红四军公告，宣传共产党的主张和红军宗旨。红四军首次入闽，虽然停留时间不长，但是消息很快传遍武平各地，极大鼓舞了闽西地方党组织和广大群众的革命热情。1930年6月2日，红四军离开民主乡，与从江西另一路入武所的红六军某部会合攻克中山武所城，傍晚红军主力直抵武平城。红军主力进入武平县城后，毛泽东、朱德、陈毅等红军主要领导人，分别在武平县城的梁山书院（毛泽东和前敌委员会驻地)、考棚(朱德和军部驻地)等地,召开乡苏干部、各界人士代表座谈会,同时进行为期一星期的社会调查,为红四军前委和闽西特委联席会议(南阳会议)的召开做准备。

如今,走进高书村,可见道路干净整洁、农家小院错落有致,红旗招展、风景如画,一幅生机盎然的和美乡村新画卷映入眼帘。走在乡村间,你可见村民们忙碌的身影,他们用勤劳的双手种植绿色蔬菜,远道而来的客人在体验农家乐。民主乡的人们用心守护着这片土地上的绿色高山草甸和红色高书村,围绕党建引领乡村振兴这一主线,依托"红四军入闽第一村"资源优势,以"赏三省边界风光,爬万亩高山草场,走红军入闽道路"的理念,开发了红色旅游、生态旅游、农事体验游、休闲娱乐等,打造闽粤赣边红色生态旅游村,人们的生活水平得到了极大的改善。依托着绿色生态和红色文化,民主乡探索走出了一条红绿辉映的发展道路。

挥手作别这个美丽传奇的乡村,我的心中涌动着一股热流。如今,中国的乡村已经发生了翻天覆地的变化,乡村基础设施日渐完善,文化生活愈来愈丰富多彩,人民生活"年年好,节节高"。乡村的土地上,有了新的发展思路;乡村的土地上,有了生机勃勃的活力。越来越多的青年投身于乡村建设中,你看一批批青年教师投身于乡村教育,孩子们朗朗的读书声响彻耳畔;一批批青年驻村书记为乡村发展出谋划策,他们用一腔热血在乡村建设的道路上披荆斩棘,为乡村建设努力奋斗着。越来越多的父母选择回乡创业和生活,陪伴孩子们健康成长,不再让他们成为

"留守儿童";乡村的老人们不再独守着老屋,他们享受着天伦之乐,共享社会发展的成果。

中国传统文化中的归根情怀是根植于中国人的骨子里的,家园故土是游子们的精神寄托,人们的故土情结在历史文化的发展中不断传承,成为一种民族信仰和文化特色。"把根留住,守护家园",每个乡村的"精神绿洲"需要一代代人用勤劳的双手共同创造。

暮归·中山河国家湿地公园(练才秀 摄)

后　记

　　2023年4月，桃红柳绿，春意盎然。由福建省炎黄文化研究会和福建省作家协会组织的作家采风团一行33人应邀来到闽粤赣边城武平。这是一次客家文化之旅、一次绿色生态之旅，也是一次红土地之旅。作家们所到之处，无不感受到浓郁的客地情韵，感受到自然生态的绿色魅力和原中央苏区血染的风采。在这片经受过血与火洗礼的土地上，正发生着翻天覆地的巨大变化，让人徜徉不尽、兴奋不已、思索不止。收入书中的33篇散文作品便是这次采风的丰赡成果。

　　这是由福建省炎黄文化研究会和福建省作家协会联手编写的又一本"走进八闽旅游景区"散文作品集。借本书出版之际，我们谨向武平县委、县政府，向为本书提供大量素材、热情接受采访的武平各有关单位和个人，向参与本书采访、写作的作家、记者、编辑以及出版社的同志们，一并致以衷心的谢忱。

编者

2023年9月

图书在版编目(CIP)数据

走进"八闽旅游景区".武平/福建省炎黄文化研究会,福建省作家协会,中共武平县委宣传部编.—福州:海峡文艺出版社,2023.11
ISBN 978-7-5550-3457-5

Ⅰ.①走… Ⅱ.①福…②福…③中… Ⅲ.①散文集－中国－当代 Ⅳ.①I267

中国国家版本馆 CIP 数据核字(2023)第 169857 号

走进"八闽旅游景区"——武平

福建省炎黄文化研究会
福建省作家协会 编
中共武平县委宣传部

出版人	林 滨
责任编辑	何 莉
出版发行	海峡文艺出版社
经 销	福建新华发行(集团)有限责任公司
社 址	福州市东水路 76 号 14 层
发行部	0591－87536797
印 刷	福建东南彩色印刷有限公司
厂 址	福州市金山浦上工业区冠浦路 144 号
开 本	700 毫米×1000 毫米 1/16
字 数	212 千字
印 张	14.75
版 次	2023 年 11 月第 1 版
印 次	2023 年 11 月第 1 次印刷
书 号	ISBN 978-7-5550-3457-5
定 价	48.00 元

如发现印装质量问题,请寄承印厂调换